New Edition

U0123546

new
**TOEIC®
TEST**

朗文新多益
題型解析與應考技巧

五國口音特訓・閱讀理解通關

Detailed Analysis
and Effective Strategies
for the New TOEIC® Test

松野守峰 / 宮原知子 著

◎常考題型彙整
◎英語耳力訓練
◎破題技巧解說
◎作答時間管理
◎模擬測驗演練

LWAYS LEARNING

PEARSON

前言

二十多年來一直採用相同測驗形式的多益（TOEIC）測驗，於2006年5月首度進行改版，成為愈來愈貼近國際化商業英語實況的考試。

在聽力部分，語音播放從以往以美式為主，成改美國、英國、加拿大、澳洲、紐西蘭口音。至於閱讀部分，原本的 Part 6「挑錯題」改成了「短文填空」。另外，Part 7「文章理解」除保留原本的「單篇文章理解」（Single Passage）外，新加入了「雙篇文章理解」（Double Passages）。

直截了當地說，100題聽力和100題閱讀都朝更難的方向出題。本書徹底分析了由日本財團法人國際商業溝通學會（The Institute for International Business Communcation，簡稱 IIBC，為 ETS 日本區官方代表）出版的《TOEIC® 新官方題庫》，再參酌過去五年的多益考試資訊，誠摯地為考生編寫出可一舉突破700分的應考策略。

本書的特色可歸納為底下五點：

❶ 分析《TOEIC® 新官方題庫》，只列舉出突破700分的必學項目，精簡讀者學習的時間與精力，再按7個考試 Part 做系統化的編排。

❷ 簡介相關出題資訊，讓讀者了解每一個 Part 會出什麼樣的考題。

❸ 特別設計「語音特訓五部曲」，訓練讀者在最短的時間內聽懂五國語音。

❹ Part 3「簡短對話」新登場的「A－B－A－B」型對話，為偏難的考題，該單元具體介紹了因應的對策與戰略。

❺ 針對 Part 7「文章理解」中幅篇拉長的文章，具體舉例說明快速的解題步驟與策略，以及可在一分鐘內解開一道提問的「關鍵語」（marker）策略。

本書在解說應考技巧時，始終秉持著要讓每位讀者在聽力與閱讀部分都可以自信地正確作答。亦即明確指出7個 Part 的考試重點，並提供直接與正確答案有關的策略或有效解決問題的方式。

多益測驗是第一次進行如此大規模的改革，更新出題方式，今後想在多益拿到高分會愈來愈難。但相反地，這也是一個發現自我潛在能力的契機。如果能好好消化本書的內容，不僅 700 分， 800 分亦非難事。

在此，首先要感謝在本書撰寫期間，不厭其煩地協助問題、例句的撰寫，並幫忙檢查初校、二校所有英文的東京理科大學英語講師 Ruskyle L. Howser 。另外也要向桐原書店的 Karl Matsumoto 表達謝意。他不僅校閱整本書的英文，並陪同作者在錄音現場監控品質、提供建議。在此也要向提供實用資訊的片桐元一等補習班的學生，誠心地說句 Thank you all.

最後，謹將此書獻給夢想著以信念的魔法開啟「理想之門」、有朝一日能活躍於世界舞台的讀者，希望此書能幫助你們實現夢想。

"It is a can-do spirit that generates dream scores."

松野守峰

宮原知子

目錄　Contents

聽力測驗 Listening Section

Part 1　照片描述 Photographs　　19

Part 2　應答問題 Question-Response　　39

閱讀測驗 Reading Section

本書結構與使用方法

本書按實際考試的 7 個 Part，擬定突破 700 分的學習課程。

聽力部分的語音播放是由五個國家的播音員（narrator）負責朗讀。

Part 1 照片描述

根據新多益的出題趨勢，進行三大常考項目的聽力特訓。

▶ **10 個常考短句**

加強由 7 個單字組成的 10 個短句的聽力訓練。

▶ **30 個常考單字與 10 種表達方式**

彙整 Part 1 的常考單字，以及描述照片的稍難表達方式進行聽力練習。

▶ **模擬測驗**

6 道提升應考實力的練習題。

Part 2 應答問題

強化常考問句與回答的聽力練習，掌握正確的應答模式。

▶ **20 個常考問句**

進行以 who / what / where / when / why / how 疑問詞開頭的問句與一般問句的聽力練習。

▶ **6 種應答模式**

包括標準型／說 No 的拒絕型／具體對應型／自行解決型等六種應答模式的聽力訓練。

▶ **35 個常考單字與 5 種表達方式**

▶ **模擬測驗**
15 道提升應考實力的練習題。

Part 3　簡短對話

學習如何掌握提問類型與解題步驟。

▶ **9 種基本提問**
彙整有助於提升正確答題率的 9 種基本提問。

▶ **5 大提問主題**
從提問鎖定要聽取的對話主題為何。

▶ **25 個常考單字與 5 種表達**

▶ **模擬測驗**
四個題組（12 道提問）的提升應考實力練習。

Part 4　簡短獨白

徹底了解提問的類型，學會聽取解題提示的方法。

▶ **4 種基本題型**
記住最常考的 4 種提問類型。

▶ **7 大容易得分的簡單提問**
將詢問職業、天氣、日期等簡單的提問視為得分題。

▶ **4 種新登場的推論題**
從提問的關鍵字 next 或 last 等得知該如何作答。

▶ 「**25 個常考單字與 5 種表達方式**」的聽力特訓

▶ **模擬測驗**

三個題組（9 道提問）的提升應考實力練習。

Part 5 單句填空 & Part 6 短文填空

具體介紹這兩大填空題的出題趨勢和解題重點。

1. 單字力

介紹 22 個常考詞彙。

2. 文法力

解說被動語態 / 所有格 / 慣用語 / 過去分詞與現在分詞等 11 個常考文法。

3. 用法理解

依出題頻率解說 little ⟷ few / any ⟷ no / need 等的用法。

4. 詞性與用法

解說形容詞 / 副詞 / 動詞 / 名詞等的用法。

▶ **模擬測驗**

Part 5 ： 20 道提升應考實力的練習題。

Part 6 ：兩個題組（8 道問題）的提升應考實力練習。

Part 7 文章理解

學習如何利用提問中的「關鍵語」來快速找到正確答案的方法。

▶ **利用「關鍵語」搜尋解題線索**

一題一分鐘解答的策略。

▶ **最佳解題步驟**

先從簡單的題目開始作答，提高得分。

▶ **雙篇題的應考策略**

提供有效的「消去法」和「替代說法」兩項應考技巧。

▶ **模擬測驗**

四個題組（14 道提問）的提升應考實力練習。

語音特訓五部曲

聽懂英、美、加、紐、澳五國人士口音的聽力課程，尤其是英式發音。

Step 1　名詞的語音練習
Step 2　片語的語音練習
Step 3　短句的語音練習
Step 4　母音的語音練習
Step 5　速度的練習

關於新多益測驗

什麼是多益測驗？

多益，英文是 TOEIC，為 Test of English for International Communication 的簡稱，於 1979 年首度於日本舉行，用於檢測非以英語為母語人士對於英語此一國際溝通工具的運用能力，全球約有六十個國家引進這項測驗。 2006 年 5 月進行第一次的改版（台灣於 2008 年 3 月份起採用新制的多益測驗）。

日本企業對於多益測驗的評價相當高，許多一流企業在徵人時會要求應徵者在履歷表上註明多益測驗的成績（編注：台灣也有愈來愈多的企業及學校設定了多益的分數門檻），可見多益測驗已成為國際社會上一項檢測商業英語運用能力的標準考試。在此同時也不難想像商業人士是如何身處於不可脫離英語的商業環境。近來，英語運用能力就和電腦與手機一樣，躍居為有力的商業利器。

多益測驗的試題特色

多益測驗是要檢測出考生是否具備快速理解商業場合與日常生活交錯情境下的英語會話或商業文書等的能力。所以它沒有充裕的時間讓考生思索該如何作答，考生必須在 45 分鐘的語音播放時間內回答完 100 題的聽力測驗，接著不休息地在 75 分鐘內做完 100 題的文法‧閱讀理解題，算是相當嚴苛的考試。

新多益測驗更將聽力測驗的英文內容拉長，對於考生來說，能全部作答完畢就不容易了。如果事先未備妥任何應考策略就去參加考試，可想而知是很難拿到高分的。

多益測驗的改版

關於這次的改版，根據 ETS 所發布的概念是：「題目的設計基本上是 More Authentic（更加實際）。為了測試出考生在實際溝通時必備的英語實力，測驗中重現了貼近現實的場景或狀況，例如將題目長度加長、增加不同的英語腔調等等。此外，除保留舊多益測驗評估考生「掌握主旨」與「推論」的能力外，並廣泛地測定考生的基礎文法、詞彙、聲音辨識等語言技巧。簡言之，新多益可以測出考生真正的英語實力。」

至於新舊多益測驗，兩者最大的不同在於聽力測驗的語音播放改採五國的英語腔調；閱讀測驗的「挑錯題」改成了「短文填空」，其餘的細部差異則如下表所示。

新舊多益測驗題型比較

聽力測驗	舊多益測驗	新多益測驗	改變
Part 1	照片描述 20 題	照片描述 10 題	題數減少 10 題
Part 2	應答問題 30 題	應答問題 30 題	維持不變
Part 3	簡短對話 30 題	簡短對話 30 題	變成題組，且對話時間加長 題目與選項不只會印在試題本上，並同時播放
Part 4	簡短獨白 20 題	簡短獨白 30 題	題數增加 10 題，且獨白時間加長 每段獨白固定搭配 3 道題目
閱讀測驗	舊多益測驗	新多益測驗	改變
Part 5	填空 40 題	單句填空 40 題	維持不變
Part 6	挑錯 20 題	短文填空 12 題	移除原先的挑錯題
Part 7	文章理解 40 題	單篇文章理解 28 題	維持不變
		雙篇文章理解 20 題	新增具關聯性的雙篇文章，並以交叉題組出題

新多益的題目架構

新多益的題目架構如下表。

聽力測驗（Listening Comprehension）			
內容	題數	作答時間	說明
Part 1：照片描述 (Photographs)	10	共 45 分鐘	一邊看試題本上的照片，一邊聆聽語音播放，再由四個選項中選出一個最能貼切表達照片畫面的句子。
Part 2：應答問題 (Question-Response)	30		聆聽語音播放的問題及三個回答選項，由選項中挑出一個最適切的答案。
Part 3：簡短對話 (Short Conversations)	30		先聆聽兩個人的簡短對話，再閱讀試題本上的題目，並由四個選項中選出一個最適切的答案。
Part 4：簡短獨白 (Short Talks)	30		先聆聽一段廣播或演說等，再閱讀試題本上的題目，並由四個選項中選出一個最適切的答案。一段短文有 3 道問題。
閱讀測驗（Reading）			
內容	題數	作答時間	說明
Part 5：單句填空 (Incomplete Sentences)	40	共 75 分鐘	由四個選項中選出一個最適合填入句中空格的單字或詞句。
Part 6：短文填空 (Text Completion)	12		由四個選項中挑出最適合填入報導、廣告等較長段落空格內的答案。
Part 7：文章理解 (Reading Comprehension)	48		Single Passage ／ 28 題：先閱讀一篇廣告、商業書信或圖表等各種文章段落後，再回答底下 2~5 道問題。Double Passages ／ 20 題：先閱讀兩篇文章段落，再回答相關的 5 道問題。

聽力及閱讀測驗的總分各是 495 分。

除前述的聽力與閱讀測驗外，另外還有口說及寫作測驗，相關的測驗內容如下表所示。這兩項測驗為選考而非必考，一般建議聽力及閱讀測驗成績達550分以上者，再選考口說及寫作測驗。

口說測驗				
內容	題數	作答時間	準備時間	說明
朗讀	2	45 秒	45 秒	朗讀一段英文短文
描述照片	1	45 秒	30 秒	描述螢幕上的照片內容
回答問題	3	15 秒 / 30 秒	無	依據題目設定的情境，回答與日常生活有關的問題
依據題目資料應答	3	15 秒 / 30 秒	無	依據題目設定的情境與提供的資料回答問題
提出解決方案	1	60 秒	30 秒	依據題目設定的情境，針對問題點提出對策或解決方案
陳述意見	1	60 秒	15 秒	針對指定的議題陳述意見並提出理由

寫作測驗			
內容	題數	作答時間	說明
描述照片	5	共 8 分鐘	使用兩個指定單字或片語，造出與照片內容相符的句子
回覆書面要求	2	每題 10 分鐘	閱讀 25~50 字的電子郵件後撰寫回信
陳述意見	1	共 30 分鐘	針對指定的議題陳述意見並提出理由及例子作為佐證

資料來源： ETS（美國教育測驗服務社）

新多益分數與英語溝通能力對照表

依分數將考生的溝通能力分成如下表所示的 ABCDE 五個等級：

級別	TOEIC	英語溝通力
A		**具有充分的溝通能力。** 對於專業或專業以外的話題都能充分理解，且能恰如其分的表達自己的意見。 與母語使用者之間只有一線之隔，不論語彙、文法、文章結構都能正確掌握，具備流暢的駕馭能力。
	860	
B		**具備適切溝通的素養。** 能夠完全理解一般會話，應答也很迅速。即使話題跨越某些專業領域，亦能應付自如。在業務執行上沒有太大的障礙。 正確度與流暢度因人而異，文法、構句也有些可接受的錯誤，不妨礙意見的溝通。
	730	
C		**能夠應付日常所需及某些特定範圍的業務。** 能夠理解一般會話的重點，應答也無障礙。但遇比較複雜的情況，想明確的回應或表達意見，就會有巧拙之分。 已經具有基本的文法和構句能力，即使表達力不足，大致上還具備傳達自我意思的語彙。
	470	
D		**具有一般會話所需的最低限度溝通力。** 如果對方放慢說話速度、不斷重複或換別種說法，可理解其所說的簡單會話。對於圍繞身旁的話題，多少也能回答。 雖然單字、文法、構句有許多不足處，對話的一方若考量說話者的母語並非英語，尚可猜出說話者要表達的意思。
	220	
E		**還不到能夠溝通的地步。** 對於緩慢且簡單的會話也不大聽得懂。同時只能零星說些對實質的意見溝通並無助益的單字。

聽力測驗

Listening Section

聽力測驗的新規定

這次多益測驗的改版，聽力部分出現的最大改變是，語音播放由以往全部採用美式發音，改成了混合以下五國人士的口音：

美國人 美 ・英國人 英 ・加拿大人 加 ・澳洲人 澳 ・紐西蘭人 NZ

也因此，讀者在擬定新多益聽力單元 PART1-4 的對策之前，應該要先讓自己的耳朵熟悉上述五國的口音。尤其是要加強 美 、澳 、NZ 的聽力訓練。理由是，對於至今已聽慣美式口音的人來說，不但英式口音感覺較生疏，澳洲與紐西蘭的發音也不容易聽懂。如果不熟悉它們的發音、語調、停頓語氣等，就很難配合其聲音的波長來理解內容（編注：有的書會將澳紐合而為一，不再細分出紐西蘭的口音）。

為了讓讀者能順利跟上 美 、澳 、NZ 的口音，本書特別開闢了「語音特訓五部曲」單元（參見 p.160）。每天至少聆聽此單元十分鐘，且持續一個月，相信一定能讓 美 、澳 、NZ 的口音逐漸滲入體內，自然而然地聽懂它們，大幅改善聽力。

請抱持著「只要身體力行就能成功！」的熱情與信念，訓練自己擁有「英語之耳」。

此外，本書在解說時，為方便起見會將發音分為美式（美國、加拿大）與英式（英國、澳洲、紐西蘭）兩大類。

Part 1

Photographs

照片描述

新多益 Part 1「照片描述」的出題形式如下：

題數⋯⋯⋯10 題
語音⋯⋯⋯英 · 美 · 加 · 澳 · NZ

底下是答對率達九成的應考策略：

---

❶ 聆聽 Part 1「照片描述」中由五國人士朗讀的「10 個常考短句」，讓耳朵習慣不同的口音。

❷ 熟悉 Part 1「照片描述」中常考的 5 個基本句型。

❸ 聽慣在 Part 1「照片描述」中由五國人士朗讀的「30 個常考單字與 10 種表達方式」。

上述三項要點，是分析美國的教育測驗服務社（ETS）發表的新多益測驗公告、《TOEIC® 測驗新官方題庫》，以及考古題後得出的結果。考生若能掌握這些要點，將可以正確回答 Part 1 的問題。

接下來先來看看 Part 1「照片描述」的 5 個基本句型及出題頻率，接著是聆聽以五國口音朗讀的 10 個常考短句，它們主要是由 7 個字詞所組成。聽過三遍之後，請從第四次開始試著模擬跟讀。聽愈多遍，愈可以跟上五國的口音與聲調。

讀者一定要堅守聽慣不同口音與腔調的意志，同時用身體去感受其律動，而不是光靠強記方式。其次，如果能模仿它們的發音，念出聲來，將可以更快掌握到訣竅。

Part 1 的基本句型與出題頻率

新多益測驗 Part 1「照片描述」和過去三年的考試一樣，常出現的短句句型可分為以下 5 大類：

出題頻率

1. 現在進行式 —————————— 40～60%

A woman is stepping on the sidewalk.

「一位女士正踏上人行道。」

2. 現在完成式的被動語態 ———— 20～30%

The table has been set.

「餐桌已準備就緒。」

3. 現在式的被動語態 —————— 10～20%

The rooftop is freshly painted.

「屋頂剛刷上新油漆。」

4. 現在進行式的被動語態 ———— 10～20%

The luggage is being carried.

「這件行李正在運送中。」

5. There's ～「有～」的句型 ——— 10%

There's a hose lying on the patio.

「有一根水管橫躺在露台。」

記住這些句型，然後多聽幾遍次頁的「10 個常考短句」。接著訓練自己略過句型，反覆練習將口音影像化。

1. 現在進形式 —————▶ ❶❷❸❹❺

2. 現在完成式的被動語態 —▶ ❻

3. 現在式的被動語態 ———▶ ❼

4. 現在進行式的被動語態 —▶ ❽

5. There's 的句型 ————▶ ❾❿

1-1 「10 個常考短句」的聽力特訓

底下的 10 個常考短句,每句都會按照 英 → 美 → 加 → 澳 → 紐 的順序朗讀,請反覆聆聽,直到能分辨出其間的不同為止。一開始先用眼睛看一遍短句後,再用耳朵去感受聲音。

❶ **The woman is** <u>looking up</u> **at the skyscraper.**
「女子正仰望這棟摩天大樓。」

❷ **A man is standing** <u>at the top of</u> **the stairs.**
「男子正站在階梯的頂端。」

❸ **A vendor is selling some** <u>produce</u>.
「小販正在販售一些農產品。」

❹ **The** <u>dustbin</u> **is overflowing.**
「垃圾桶就快要滿出來了。」

❺ **A woman is** <u>looking into</u> **the microscope.**
「女子正在往顯微鏡裡看。」

❻ **The office room has been well organized.**
「辦公室已經擺設得井然有序。」

❼ **The drawer is** <u>cluttered with</u> **office supplies.**
「抽屜裡塞滿了辦公用品。」

❽ **The** <u>scaffolding</u> **is being disassembled.**
「鷹架正拆除中。」

❾ **There's a lorry blocking traffic.**
「有一台卡車阻礙了交通。」

❿ **There're several vases displayed in the window.**
「有許多花瓶在櫥窗裡展示。」

❶ 可以跟得上 looking up at ～「仰望～」的速度嗎？ skyscraper「摩天大樓」是 PART 1 的常考單字。

❷ 要習慣 at the top of ～「在～的最上面」的節拍。 stairs [stɛrz]「階梯」與 stare [stɛr]「注視」的發音很類似，有時會故意用來混淆考生。

❸ vendor「小販」在英、澳、⃞的尾音給人 [də] 的感覺。在美、⃞則是留有 [dɑ] 和捲舌音 [r]。另外也請仔細分辨 produce「農產品」的英式發音與美式發音的差異。

❹ dustbin「垃圾桶」是英式說法，美式說法是 garbage can。 overflowing「滿出來」是應該要記住的單字。

❺ 請習慣一口氣唸完 looking into ～「往～裡面看」。 microscope「顯微鏡」是有點難度的單字，但經常出現在照片描述題中。

❻ office 的英式發音是 [`ɔfɪs]，美式發音是 [`ofɪs]。 well organized 指「整理好」。

❼ 要很快聽出是 is cluttered with ～「被塞滿～」。 drawer「抽屜」與 office supplies「辦公用品」是多益測驗中的重要詞彙。

❽ scaffolding「鷹架」與 disassembled「被拆除」是難度很高的單字，但常會出其不意地出現在題目中，所以請牢記它們的發音與意義。

❾ 好好熟悉 There's 的五國口音。 lorry「卡車」是英式說法，美式說法是 truck。 lorry 有可能常出現在「照片描述」的題目中。 traffic 是包括車輛等在內的「交通」之意。

❿ 確實將 There're 的五國口音記在腦海裡。 vase「花瓶」的英式發音為 [vɑz]，美式發音是 [ves]，差異頗大，要特別注意。 displayed 是「被展示、被陳列」之意。

五國口音平均分散在 Part 1「照片描述」的 (A)－(D) 選項中。本書整理出過去三年經常出現在 Part 1「照片描述」、預估未來仍會常看到的「30 個常考單字與 10 種表達方式」，讓讀者配合聽力訓練來記住它們。而最終目的在培養出可以完全應對英式口音的能力。在多聽幾遍 CD、熟悉聲音之後，請模仿跟讀，念出聲來。

TRACK
05

1 「**30 個常考單字**」的聽力訓練

（編注：雖是五國人士的英語口音，但仍標出 KK 音標供讀者參考，請讀者在聆聽時要特別留意各單字發音上的差異。）

❶ document [ˋdɑkjəˌmənt] ——— 英 / 美 (n) 文件

❷ shelf [ʃɛlf] ——— 澳 / 加 (n) 架子；隔板

❸ customer [ˋkʌstəmə] ——— NZ / 美 (n) 顧客

❹ monitor [ˋmɑnətə] ——— 英 / 加 (n) 顯示器；監視器

❺ tool [tul] ——— 澳 / 美 (n) 工具

❻ mirror [`mɪrə] ── NZ 加   (n) 鏡子

❼ bucket [`bʌkɪt] ── 英 美   (n) 桶子；水桶

❽ counter [`kaʊntə] ── 澳 加   (n) 櫃台

❾ path [pæθ] ── NZ 美   (n) 小徑

❿ drawing [`drɔɪŋ] ── 英 加   (n) 繪畫；製圖

⓫ bike [baɪk] ── 澳 美   (n) 腳踏車

⓬ furniture [`fɜnɪtʃə] ── NZ 加   (n) 家具

⓭ gate [get] ── 英 美   (n) 大門；登機門

⓮ cart [kɑrt] ── 澳 加   (n) 推車

⓯ rope [rop] ── NZ 美   (n) 繩子

⑯ **bench** [bɛntʃ] ——————— 英 加   (n) 長凳

⑰ **window** [`wɪndo] ——————— 澳 美   (n) 窗戶

⑱ **call** [kɔl] ——————— NZ 加   (n) 電話

⑲ **plant** [plænt] ——————— 英 美   (n) 植物（盆栽）

⑳ **floor** [flɔr] ——————— 澳 加   (n) 地板

㉑ **table** [`tebl] ——————— NZ 美   (n) 桌子

㉒ **room** [rum] ——————— 英 加   (n) 房間

㉓ **balcony** [`bælkənɪ] ——————— 澳 美   (n) 陽台

㉔ **umbrella** [ʌm`brɛlə] ——————— NZ 加   (n) 雨傘

㉕ **spoon** [spun] ——————— 英 美   (n) 湯匙

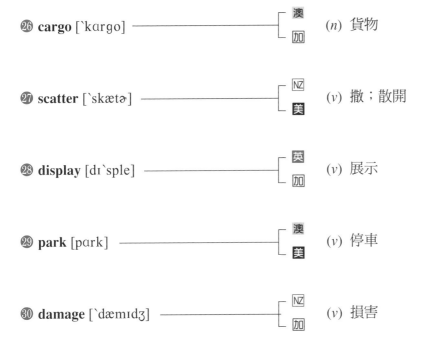

㉖ **cargo** [`kɑrgo] ——————— 澳 加 (*n*) 貨物

㉗ **scatter** [`skætə] ——————— NZ 美 (*v*) 撒；散開

㉘ **display** [dɪ`sple] ——————— 英 加 (*v*) 展示

㉙ **park** [pɑrk] ——————— 澳 美 (*v*) 停車

㉚ **damage** [`dæmɪdʒ] ——————— NZ 加 (*v*) 損害

2 「10 種表達方式」的聽力訓練

以下要熟悉的是在 Part 1「照片描述」中常考的、有點難度的 10 種表達方式。請聽慣英式與美式在發音上的微妙差異。

❶ 英 美 **The chairs are placed at the table.**
　　「椅子被置放在桌子前。」

❷ 澳 加 **The men are working on the floor.**
　　「男士們正在修理地板。」

❸ NZ 美 **There're houses along the lakeside.**
　　「沿著湖畔有許多的房子。」

④ 英加 **The tree is taller than the fence.**
「這棵樹比圍籬高。」

⑤ 澳美 **The bags are hanging from the rack.**
「包包吊在架子上。」

TRACK 08 ⑥ NZ加 **Many cans and boxes are organized on the shelves.**
「許多的罐頭及盒子整齊地陳放在架上。」

⑦ 英美 **Each end of the cars has been damaged.**
「幾輛車子的前端和尾部都受到損傷。」

⑧ 澳加 **A woman is watching another woman use a tool.**
「一位女子正看著另一位女子使用工具。」
【注】〈watch 人 + do〉為「注視某人做～」

⑨ NZ美 **The worker is emptying the bucket into the container.**
「工人正將桶內的東西倒進容器內。」
【注】〈empty A into B〉是「將 A 放進 B 中～」

⑩ 英加 **Much cargo is scattered on the ground.**
「許多貨物散放在地上。」

1-3 模擬測驗 Practice Test

做完了對應 Part 1「照片描述」的聽力、句型、單字與表達方式的必要基礎訓練後，最後要來試做 6 道附有「作答說明」（Directions）的模擬試題。和實際的新多益測驗一樣，一道問題到下一道問題之間會間隔 5 秒，請利用這 5 秒的時間將 (A)－(D) 選項中的正確答案塗黑。

LISTENING TEST

In the Listening test, you will be asked to demonstrate how well you understand spoken English. The entire Listening test will last approximately 45 minutes. There are four parts, and directions are given for each part. You must mark your answers on the separate answer sheet. Do not write your answers in your test book.

PART 1

Directions: For each question in this part, you will hear four statements about a picture in your test book. When you hear the statements, you must select the one statement that best describes what you see in the picture. Then find the number of the question on your answer sheet and mark your answer. The statements will not be printed in your test book and will be spoken only one time.

Sample Answer

Example

Statement (C), "They're standing near the table," is the best description of the picture, so you should select answer (C) and mark it on your answer sheet.

TRACK 10 **1.**

Ⓐ Ⓑ Ⓒ Ⓓ

TRACK 11 **2.**

Ⓐ Ⓑ Ⓒ Ⓓ

TRACK 12 **3.**

Ⓐ Ⓑ Ⓒ Ⓓ

4.

Ⓐ Ⓑ Ⓒ Ⓓ

5.

Ⓐ Ⓑ Ⓒ Ⓓ

6.

Ⓐ Ⓑ Ⓒ Ⓓ

▌作答說明中譯▌

聽力測驗

此聽力測驗是測驗你對口語英語的理解能力。整段聽力測驗大約進行四十五分鐘。分為四個 Part，每個 Part 均附作答說明。你必須在答案紙上作答，而不是直接寫在試題本上。

PART 1

作答說明：針對每一道問題，你將聽到四個與試題本上照片相關的敘述。挑出最能夠表達照片內容的敘述，然後找到答案紙上相同題號的該選項，將它塗黑。這些敘述不會印在試題本上，而且只會念一遍。

例題

(A) 他們正要離開房間。
(B) 他們正在操作機器。
(C) 他們正站在桌子旁。
(D) 他們正在看報紙。

選項 (C)「他們正站在桌子旁。」最能貼切形容這張照片的內容，所以你應該選 (C)，並在答案紙上將它塗黑。

【解答】 1. (C)　　2. (C)　　3. (D)　　4. (B)　　5. (A)　　6. (B)

1. 聽懂常考詞彙 between the docks　　解答 (C)

英　(A) The ship is sailing out to sea.

(B) The yacht is on sale in the showroom.

(C) The boat is entering between the docks.

(D) The rowing boat has been on the beach all day.

(A) 船正航向大海。

(B) 遊艇在展示間裡銷售。

(C) 船正駛進碼頭。

(D) 划艇已停靠在海灘邊一整天了。

解說 在過去三年，幾乎每次都會出一題有關 between the ~s「在～之間」的考題，一定要把它記下來。另外，也請分清楚 yacht「遊艇」、boat「船；帆船」與 ship「（定期航行）船」的不同。

發音 讀者一定要習慣 sailing out to / is on sale / between the / on the / all day 的英式口音。

重要詞彙 sailing out to ～「正航向～」/ is on sale「銷售中」（美式是指「廉價銷售」）/ the docks「（多個）碼頭」/ rowing boat「划艇」是英式說法，美式說法為 rowboat。

2. 聽懂常考單字 barn「穀倉」　　解答 (C)

美　(A) The field is filling with horse racing fans.

(B) The building has been burned to the ground.

(C) There is a small building on the side of the barn.

(D) A farmer is opening all of the windows in the stable.

(A) 賽馬場擠滿賽馬迷。

(B) 這棟建築物已焚毀殆盡。

(C) 穀倉旁邊有一小棟建築物。

(D) 一位農夫正將馬廄裡所有的窗戶打開。

解說 barn [bɑrn]「穀倉」這個字經常出現在 Part 1「照片描述」中，要好好掌握其意思與發音。

發音 要聽慣 The field is filling with ∕ burned to the ∕ There is a ∕ on the side of the ∕ all of the 等美國人的口音及講話的速度。

重要詞彙 field「賽馬場」∕ is filling with ～「擠滿～」∕ been burned to the ground「全部燒毀了」∕ on the side of「在～旁邊」∕ stable「馬廄」

3. 聽懂 a game of chess 　　　　　　　　　　解答 (D)

澳 (A) They are having a friendly chat over coffee.

(B) The chest of drawers is sitting on the road.

(C) The men are sitting side by side on the veranda.

(D) The men are enjoying a game of chess together.

(A) 他們邊喝咖啡邊閒聊。

(B) 五斗櫃正橫躺在路中間。

(C) 男子們肩並肩地坐在走廊上。

(D) 男子們正一起快樂的下棋。

解說 不論是什麼樣的短句，一瞄到 The chest of drawers「衣櫃；五斗櫃」，答案就呼之欲出。也許澳音有點難聽得懂，但多聽幾次，就會習慣他們的發音與腔調。而只要能正確掌握口音，就不難知道哪個選項才是對的。 over coffee「邊喝咖啡」的介系詞 over「邊做～」很重要，請記下來。

重要詞彙 a friendly chat「客套；寒暄」

4. many kinds of seafood 的發音是得分與否的關鍵　　　　　解答 (B)

TRACK 13

加 (A) This is an excellent vegetable market.

(B) There are many kinds of seafood for sale.

(C) The fish are swimming around the tank.

(D) The fisherman is hoping to catch his dinner.

(A) 這是個很棒的果菜市場。

(B) 有許多種類的海鮮食品在販賣中。

(C) 魚群在水槽裡游來游去。

(D) 這名漁夫滿懷期待地要去獵捕他的晚餐。

解說 屬於美式發音的加拿大人口音可說是很容易聽懂的，所以這題應該不難。照片中並沒有拍到 (A)「蔬菜」，也沒看見 (C)「水槽」。這種未出現在照片中的選項常常可以直接刪掉。此外，類似 (D) 這種無法從一張照片來判斷的選項也常可先刪除。

發音 要聽慣 is an ／ many kinds of ／ for sale ／ around the ／ catch his 等的速度。

重要詞彙 excellent「出色的；優秀的」／ seafood「海鮮食品」／ for sale「待售」／ tank「水槽」

5. 聽懂常考單字 ladder

解答 (A)

NZ (A) The man is standing on a ladder.
(B) He is carrying two large boxes.
(C) He is sitting in front of a sign.
(D) The man is painting a large picture.

(A) 男子正站在梯子上。
(B) 他正在搬運兩口大箱子。
(C) 他正坐在一個標誌前面。
(D) 男子正在畫一幅巨畫。

解說 在五國的口音中，NZ音可說是最難應付的。速度雖然不快，但要花點時間才能聽習慣，請反覆聆聽。

發音 注意 in front of ～中 front 的發音。 standing, ladder, large, boxes 這些單字的發音也要多聽幾遍。

重要詞彙 in front of a sign「在標誌前面」／ ladder「梯子」是 Part 1「照片描述」常會出現的基本單字。

6. 聽懂 walking along

解答 (B)

英 (A) The trees have all been cut down.
(B) Many people are walking along the pavement.
(C) The park has been prepared for a concert.
(D) The people are playing a game of football.

(A) 所有的樹都被砍倒了。
(B) 許多人正沿著人行道散步。
(C) 這個公園已準備好迎接一場演唱會。
(D) 大家正在比賽足球。

解說 不論在哪個測驗單元，過去三年間經常出現在多益測驗中的單字，至少有一個會是英式英語，所以一定要能聽懂英式口音。這一題就出現了英式英語的 pavement [`pevmənt]「人行道」（相當於美式英語的 sidewalk）和 football [`fut͵bɔl]「足球」（相當於美式英語的 soccer [`sɑkə]）。

發音 要聽慣 have all been ／ cut down ／ walking along the ／ for a ／ a game of 的速度。

重要詞彙 been cut down「被砍倒了」／ been prepared for ～「已經為～做好準備了」。

Part 2

Question-Response

應答問題

新多益測驗 Part 2「應答問題」的題數與出題形式維持不變。只是和 Part 1「照片描述」一樣，語音播放改成五國口音。

題數⋯⋯⋯⋯⋯ 30 題
語音播放⋯⋯⋯ 英 ・ 美 ・ 加 ・ 澳 ・ NZ

底下是答對率達到八成的應考策略：

---

❶ 聽慣並牢記由五國講者所朗讀的 Part 2「應答問題」的考題。

❷ 了解 Part 2「應答問題」的「6 種不可不知的應答模式」，並聽慣其發音。

❸ 聽慣 Part 2「應答問題」的「35 個常考單字與 5 種表達方式」的五國口音。

以上三項是綜合分析過去三年的多益官方考試與《TOEIC® 新官方題庫》的結果所擬定的策略。

下頁會先列出常見於 Part 2「應答問題」的基本問句及其出題數，接著是請讀者進行由五國講者朗讀的「20 個常考問句」的聽力訓練。

在 Part 2 中，**如果能好好聽懂問句，則七成的題目都可以答對**。反之，如果聽不懂問句，就很難正確作答。

應考態度為先習慣**問題開頭的疑問詞的發音，再以身體配合講者發音的律動聆聽考題**。

同一個問句在多聽幾遍後，請試著模仿它的發音念出聲來，這種先聽再跟讀的方式，可以較快學會不同國家的語音律動。

Part 2 的基本問句與出題數

分析《TOEIC® 新官方題庫》一書的結果，新多益測驗 Part 2「應答問題」的基本問句有以下 7 種：

1. 直述句 —————————————— `3～4題`

Our sales report is due tomorrow.
「業務報告明天要交。」

2. Do [Does] 開頭的問句 ———————— `3題`

Does this bike come with a guarantee?
「這輛腳踏車有附保證書嗎？」

3. When 開頭的問句 ————————— `3題`

When will they renovate our entry?
「他們何時會整修我們的入口？」

4. Where 開頭的問句 ———————— `2～3題`

Where can I get a refund?
「我可以在哪裡退款呢？」

5. Who 開頭的問句 ————————— `1～3題`

Who's in charge of setting the table?
「誰負責擺設餐桌的呢？」

6. 附加問句 ————————————— `1～3題`

You forgot to turn off the lights, didn't you?
「你忘了關燈，對吧？」

7. Would you 開頭的問句 ——————— `1～3題`

Would you transfer this call to extension 521?
「可以幫我把這通電話轉接到分機 521 嗎？」

2-1 「20 個常考問句」的聽力特訓

底下的問句是依照 英 → 美 → 加 → 澳 → 紐 的順序朗讀，請多聽幾遍，直到能分辨出五國口音的不同。一開始先讀過句子後再聽發音，待熟悉了整個句子的腔調後，接著就邊聽邊記下開頭的疑問詞與句中一些重要詞彙的意思。

最後，試著模仿五國口音，念出聲音。

❶ **Who is responsible for arranging the seats?**
「是誰負責安排座位的？」

❷ **What color paint do you want?**
「你想漆上什麼顏色的油漆呢？」

❸ **Where did you put the box cutters?**
「你將這些美工刀放到哪裡了？」

❹ **When will you get back from the meeting?**
「你何時可以開完會回來呢？」

❺ **Why do we have to work on Sunday?**
「為什麼我們必須在這個星期天上班呢？」

【注】on Sunday「這個星期天」 / on Sundays「平常的星期天」 / on a Sunday「距離現在最近的下個星期天」。

❻ **Do they sell flowers at the gift shop in the lobby?**
「大廳的禮品店有賣花嗎？」

❼ **Can you tell me what this is?**
「你可以告訴我這是什麼嗎？」

❽ **Should I save the old computer manuals?**
「我應該保存這份舊的電腦使用手冊嗎？」

❶ **Who** 是問「誰」的疑問詞。 is responsible for ～「負責～」是慣用語。

❷ **What** 是問「什麼」的疑問詞。

❸ **Where** 是問「哪裡」的疑問詞。注意 Where 在英式發音與美式發音中有點不同。

❹ **When** 是問「何時」的疑問詞。 get back from ～是「從～回來」。

❺ **Why** 是問「為什麼」的疑問詞。如果改成較口語的說法,會變成 How come we have to work on Sunday? 請牢記 Why ＋助動詞＋ S ＋ V? = How come S ＋ V? 的形式。

❻ **Do** 是問「～嗎?」,為導出一般疑問句的助動詞。 they 在這裡是指店鋪。多益測驗中的 they 通常是指「店鋪;百貨公司;公司;工廠」等。

❼ **Can** 是「可以～嗎?」,為導出一般疑問句的助動詞。這句並非在詢問對方的「能力」如何,而是有「請託」之意。

❽ **Should** 是「應該做～嗎?」,為導出一般疑問句的助動詞,表示「義務;必然性」。請習慣 Should I 的速度。

⑨ **Will you be speaking at the banquet?**

「你會在宴會上發表談話嗎？」

【注】banquet「宴會」

⑩ **Would you mind sending me a copy of that email?**

「請你寄一份那封電子郵件的附本給我好嗎？」

⑪ **How will you be paying for that?**

「你要用什麼方式付款？」

⑫ **How busy do you think you'll be today?**

「你認為今天你會多忙？」

 ⑬ **How long do you think this interview will take?**

「你認為這場面試會花多久的時間？」

⑭ **How far is it to the airport from your office?**

「從你的辦公室到機場有多遠？」

⑮ **How often does this machine need to be cleaned?**

「這台機器多久需要清洗一次？」

⑯ **How do you like your new assistant?**

「你覺得你的新助理如何？」

⑰ **How about getting together for lunch?**

「一起吃中飯好嗎？」

❾ **Will** 是「預定要做～嗎？」，為導出一般疑問詞的助動詞。要聽慣 Will you be 的發音。此外， banquet 是 Part 2 的常考單字。

❿ **Would you mind -ing?** 是「請你～好嗎？」，為「請託」的基本疑問句型。你聽得出句中 copy「附本」在五國發音上的不同嗎？

⓫ **How** 是問「以怎樣的手段（方法）」的疑問詞。在 Part 2 中，變化最多的疑問詞就是 How。讀者若能用心聆聽第⓫～ ⓱ 的「7 個 How 問句」，應該能逐漸理解其用法。

⓬ 雖然 **How ＋形容詞**是問「多～？」的疑問詞，但多半用於詢問對方意見或見解。 do you think「你認為」是插入句，沒有特別的意思。在過去三年的多益測驗中，加入 do you think 的問句有增加的趨勢。實際應考時，即使聽到了也可以略過，因為無關問句的本質。

⓭ **How long** 是問「多長的時間或期間」，雖然包含疑問詞 How，但請將 How long 當成固定用法記下來。

⓮ **How far is it** 是問「多遠」，也請當成固定用法記下來。務必聽慣 How far 的 far 在五國口音的上的差異。

⓯ **How often** 是問「次數或頻率」，也是固定用法。請注意 often 在 英 音中有時會發 [ˋɔftən]。

⓰ **How do you like** 也是固定用法，用於詢問對方「對～的印象」「對～的感想」，如 How do you like my new dress ?「你覺得我的新洋裝如何？」此外， new 在 美 音中有時會發 [nu]。

⓱ **How about** 是問「～好嗎？；～怎樣？」的固定用法。用於建議或勸說對方。 getting together「一起」是常出現在考題中的慣用語。

⓲ Do you need me to finish this tonight, or is tomorrow OK?

「你需要我今天晚上完成它，還是明天也可以呢？」

⓳ Why don't you join us for dinner tonight?

「你今天晚上為什麼不和我們一起吃晚餐？」

⓴ Wasn't your first job here down in the mailroom?

「你在公司裡最初的工作不是在收發室嗎？」

⓲ **Do** 是問「～嗎？」＋ **or**「或」是選擇疑問句。在最近的多益測驗中，「**一般疑問詞＋ or**」比 Which 開頭的選擇疑問句還常考，所以要事先聽習慣這種問句形式。

⓳ **Why don't you** 是問「你為什麼不～」的固定用法。用於「勸誘」對方做什麼。

⓴ **Wasn't** 是問「不是～嗎？」，為否定疑問句。初、中級的英語學習者最頭痛的就是「否定疑問句」與「附加問句」。在聆聽時，可以把它想成不含 not。舉例來說，這個否定疑問句的選項如果是：

(A) **Are you kidding me? I thought you already mailed it.**
「你在開玩笑吧？我以為你已經將它寄出去了。」

(B) **That's right, back when I was just eighteen.**
「沒錯。當時我十八歲。」

(C) **Sure, I'll drop it off on my way home this evening.**
「沒問題。我會在傍晚回家的路上順便投遞。」

以上哪個選項才是正確答案呢？是 (B)。將疑問句中的 not 略過後，即可輕易聽出題目是在問「你在公司裡最初的工作是在收發室嗎？」，而毫不猶豫地選擇(B)。實際應考時不妨試試這個方法。另外，你分辨得出 **job** 的五國口音有何差別嗎？

附加問句

Part 2「應答問題」中常考的,除了前面列舉的基本問句外,再追加一種**附加問句**。這是用於徵求對方同意時,如「是吧?」「不是吧?」等的問句。

Q : It's freezing this morning, isn't it?
「今天早上很冷,對不對?」

A : I know, it must be ten below zero.
「的確,一定是低於零下十度。」

Q : You aren't planning to attend the presentation, are you?
「你不打算要參加這場說明會,對吧?」

A : No, I don't see much point in going.
「沒錯,我看不出來有參加的必要。」

和前一頁 ⑳ 的否定疑問句一樣,如果略過 not 來思考,就很容易找到正確答案。附加問句和否定疑問句每次至少會考一題,能掌握答題要訣就不難得分。

2-2　6種不可不知的應答模式

理解了常考的「基本問句」後，其次要記住的是下列6種往往就是正確答案的應答模式與它的出題數：

---

❶ 標準型 ……………………… 直接（或簡單）的應答（18～22題）

❷ 說No的拒絕型 ……… 拒絕邀請的應答（2～3題）

❸ 具體回應型 …………… 有具體解決對策的應答（2～3題）

❹ 自行解決型 ………… 表示自己會處理的應答（1～2題）

❺ 迂迴型 ………………… 不直接回應（1～2題）

❻ 慣用說法的回應型 …… 使用固定說法來做回應（1～2題）

接下來請看具體的例子。

1　最常考的「標準型」

英 **Q : How much time do you need for your market analysis?**

「你需要多久的時間做市場分析呢？」

美 **A : It shouldn't take more than about fifteen minutes.**

「應該不會超過十五分鐘。」

▶ 對於「要花多久時間」的問題，具體而直接地回答「應該不會超過～分鐘」。

加 **Q : How was your vacation?**

「你假期過得如何？」

澳 **A : It was absolutely terrific.**

「太棒了。」

▶ 對於「～如何？」的問題，直接回答「太棒了」。記住terrific是「很棒」的意思。

NZ Q : **When did you first notice the problem?**

「你最早是何時發現這個問題的？」

英 A : **When I first turned it on this morning.**

「當我今天一早打開它時。」

▶ 對於「何時～？」的問題，直接回答「今天一早」。turned it on「打開它」是慣用語。

美 Q : **Is it possible to get a receipt for that newspaper?**

「買報紙可以拿一張收據嗎？」

加 A : **Sorry, I can't do that.**

「對不起，不行。」

▶ 對於「可以～嗎？」的詢問，以「對不起，不行。」這樣的標準拒絕型說法來回應。

澳 Q : **Would you mind giving me your mobile phone number?**

「請你給我你的手機號碼好嗎？」

NZ A : **Here, it's on my business card.**

「這是我的名片，請收下。」

▶ 對於「可以～嗎？」的請託，直接拿出名片，意指「名片上就有我的手機號碼」。

TRACK 22

2 說 No 的拒絕型

美 Q : **Could you give us a hand now?**

「你現在可以幫我一個忙嗎？」

澳 A : **I'm afraid I don't have time.**

「我恐怕沒時間。」

▶ 對於「可以～嗎？」的拜託，以「恐怕不行」來拒絕對方。give～a hand 是「幫忙～」的慣用語。

加 **Q : Do you mind if I borrow your telephone directory?**

「可以借用你的電話簿嗎？」

英 **A : I'm sorry I don't have one.**

「很抱歉，我沒有電話簿。」

▶ 對於「可以～嗎？」的問題，回應「沒有～」。one = telephone directory「電話簿」。

3 具體回應型

NZ **Q : When will the new supermarket open?**

「這間新的超市何時開張？」

加 **A : There's a flier in today's newspaper.**

「今天的報紙有夾他們的宣傳單。」

▶ 對於「何時？」的問題，具體回應「如果看了～就知道了」。flier [ˈflaɪə]「宣傳單」。

英 **Q : Shouldn't we get the staff meeting started?**

「員工會議不是該開始了嗎？」

NZ **A : Not until everyone gets here.**

「直到全員到齊為止。」

▶ 對於「不是該做～嗎？」的問題，具體回應「在～之後」。Not until ～的選項，百分之九十都是正確答案。

4 自行解決型

澳 **Q : Would you like me to go over that with you?**

「你希望我和你一起檢查嗎？」

美 **A : I'm sure I can figure it out myself.**

「我確定我可以自己解決。」

▶ 對於「要我做～比較好嗎？」的問題，回應「不，我可以自行解決」。最近，這種題型每次都會固定考一題。

NZ **Q : Will you decide now or postpone it until Monday morning?**
「你要現在決定呢，還是延到下週一早上？」

英 **A : I have to decide now.**
「我必須現在就決定。」

▶ 對於「現在做，還是稍後進行呢？」的問題，以堅定口吻回應「現在就決定」。postpone「將～延後」。

TRACK 25 **5 迂迴型**

澳 **Q : It is more expensive to mend it, isn't it?**
「修理比較貴，對不對？」

NZ **A : The mechanic doesn't think so.**
「技工不這麼認為喔。」

▶ 對於「～，對不對？」的問題，迂迴地回答「不，是～」。mend「修理～」，在 英・澳・NZ 中經常使用，美式英語多半是用 fix。

加 **Q : Are you interested in transferring to sales or human resources?**
「你有興趣轉調到業務部或是人資部嗎？」

美 **A : Neither. I'm planning on quitting.**
「兩個都沒興趣，我打算辭職。」

▶ 對於「對 A 或 B 何者有興趣？」的問題，回答「兩者都沒興趣」。最近，每次都會考一題「迂迴型」的問題。

6　慣用說法的回應型

英 Q : **Do we have to do it now or can we do it later?**

「我們必須現在就做，還是可以稍後再做呢？」

NZ A : **The sooner the better.**

「愈早愈好。」

▶ 對於「做 A 還是 B 比較好呢？」的問題，回以固定說詞「愈早愈好。」

澳 Q : **Would you mind doing these projects over?**

「請你重做這些企畫案好嗎？」

英 A : **I will if you insist.**

「如果你堅持，我會做。」

▶ 對於「請你～好嗎？」的問題，回以固定說詞的「如果你堅持，我會做」。最近，這種題型每次都會考一題。

最近的出題趨勢

新多益測驗 Part 2「應答問題」中，有大約半數以上的問題是直接回應的標準型，也就是在一般英語會話教科書中會學到的回答。不過，說 No 的拒絕型、具體回應型、自行解決型、迂迴型和慣用說法的回應型，也占了四成。請熟悉這些應答模式，並將目標訂在答對八成以上的題目。

此外，在《TOEIC® 新官方題庫》一書中，很久沒考的介系詞 given ～「一想到～」被放在選項中，而且還是正確答案。預料很快就會出現在新多益測驗的考題中。

TRACK
27

英 Q : **The model line has been discontinued.**
「這一款已經停止生產了。」

美 A : **Given the trouble we had with it, I'm not surprised.**
「一想到它之前帶來的一連串麻煩，我一點都不意外。」

重要詞彙 been discontinued「（生產、製造）停止，中止」／ Given ～ = Considering ～

2-3 「35個常考單字與5種表達方式」的聽力特訓

新多益測驗 Part 2「應答問題」，從問題到回答選項全部採語音播放，沒有印在試題本上。也因此，聽辨語音變得很重要。底下列出《TOEIC® 新官方題庫》與過去三年出現在「應答問題」中的「35個常考單字與5種表達方式」，訓練並強化讀者的聽力。聆聽 CD 時，請依「聆聽 → 聆聽 → 模仿跟讀」的方式不斷反覆練習。

TRACK 28

1 「35個常考單字」的聽力訓練

（編注：雖是五國人士的英語口音，但仍標出 KK 音標供讀者參考，請讀者在聆聽時要特別留意各單字發音上的差異。）

❶ **folder** [`flodɚ] ——┌ 澳 ┐ *(n)* 資料夾；卷宗
　　　　　　　　　　└ 美 ┘

❷ **weekday** [`wik͵de] ——┌ 英 ┐ *(n)* 平日
　　　　　　　　　　　　└ 加 ┘

❸ **retirement** [rɪ`taɪrmənt] ——┌ NZ ┐ *(n)* 退休
　　　　　　　　　　　　　　└ 美 ┘

❹ **meeting** [`mitɪŋ] ——┌ 澳 ┐ *(n)* 會議；會面
　　　　　　　　　　└ 加 ┘

❺ **director** [də`rɛktɚ] ——┌ 英 ┐ *(n)* 主管
　　　　　　　　　　　└ 美 ┘

❻ business hours [ˋbɪznɪs aʊrz] ── NZ / 加 — (*n*) 營業時間

❼ revenue [ˋrɛvəˌnu] ── 澳 / 美 — (*n*) 收入；營收

❽ sales division [ˋselz ˌdəvɪʒən] ── 英 / 加 — (*n*) 業務部

❾ last quarter [ˌlæst ˋkwɔtɚ] ── NZ / 美 — (*n*) 上一季

❿ operation [ˌɑpəˋreʃən] ── 澳 / 加 — (*n*) 作業；活動

⓫ reception [rɪˋsɛpʃən] ── 英 / 美 — (*n*) 接待；招待

⓬ newsletter [ˋnjuzˋlɛtɚ] ── NZ / 加 — (*n*)（時事、業務）通訊

⓭ safety [ˋseftɪ] ── 澳 / 美 — (*n*) 安全

⓮ beard [bɪrd] ── 英 / 加 — (*n*)（下巴上的）鬍鬚

⓯ paid holiday [ped ˋhɑləˌde] ── NZ / 美 — (*n*) 給薪假

⑯ **exhibition** [ˌɛksə`bɪʃən] ——— 澳 加   (*n*) 展覽

⑰ **secretary** [`sɛkrəˌtɛrɪ] ——— 英 美   (*n*) 祕書

⑱ **conference room** [`kɑnfərəns rum] — NZ 加   (*n*) 會議室

⑲ **message** [`mɛsɪdʒ] ——— 澳 美   (*n*) 訊息；留言

⑳ **train ticket** [`tren ˌtɪkɪt]——— 英 加   (*n*) 火車票

㉑ **budget plan** [`bʌdʒɪt plæn] ——— NZ 美   (*n*) 預算案

㉒ **aisle seat** [`aɪl sit] ——— 澳 加   (*n*) 靠走道的座位

㉓ **bus stop** [`bʌs stɑp] ——— 英 美   (*n*) 公車站牌

㉔ **reservation** [ˌrɛzə`veʃən] ——— NZ 加   (*n*) 預訂

㉕ **accommodation** [əˌkɑmə`deʃən] — 澳 美   (*n*) 住宿設備

【注】美式英語常用 accommodations。

TRACK 29

㉖ permission [pəˋmɪʃən] ────────── 英／加 (n) 許可

㉗ jacket [ˋdʒækɪt] ────────── NZ／美 (n) 夾克

㉘ schedule [ˋskɛdʒʊl] ────────── 澳／加 (n) 日程表；計畫表

㉙ presentation [ˌprɛznˋteʃən] ────────── 英／美 (n) 簡報；提案說明

㉚ cloth [klɔθ] ────────── NZ／加 (n) 布

㉛ commute [kəˋmjut] ────────── 澳／美 (v) 通勤

㉜ assign [əˋsaɪn] ────────── 英／加 (v) 指派；分配

㉝ resign [rɪˋzaɪn] ────────── NZ／美 (v) 辭職

㉞ annual [ˋænjʊəl] ────────── 澳／加 (adj) 年度的

㉟ current [ˋkɜənt] ────────── 英／美 (adj) 當前的

2 「5種常考表達方式」的聽力訓練

接下來要聆聽的是 Part 2「應答問題」中常考、且有點難度的 5 種表達方式。請多聽幾次 CD，熟悉五國在發音與節奏上的差異。

以下 5 個短句每一句都是依 英 → 加 → 澳 → 美 → 紐 的順序朗讀的。

❶ **I'd love to, but I have another task to do.**
「我很想去，但是我另有任務在身。」

❷ **Ms. Zimmer is currently responsible for the safety in the factory.**
「莉莫女士目前負責我們工廠的保全。」
【注】currently「目前地」／ is responsible for ～「負責～」

❸ **Ms. Carvajal should have booked a table for the guests by now.**
「卡瓦郝女士現在應該已經為客人預約好桌次了。」
【注】should have +動詞的過去分詞「應該做～」

❹ **Neither of them will actually open today if I remember correctly.**
「如果我記得沒錯，今天應該沒有一家店會開店營業。」

❺ **Well then, we have to call in the repairer to get the stuck workstation mended.**
「那麼，我們必須連絡維修人員來修理停止運轉的工作站。」
【注】call in ～「連絡～」／ repairer「維修人員」／ get ～ mended「修理～」／ stuck「停頓；動彈不得」／ workstation「（電腦）工作站」

練習完 Part 2「應答問題」應考對策上必備的「20 個常考問句」、「6 種不可不知的應答模式」、「35 個常考單字與 5 種表達方式」的基礎訓練後，請試做底下的 15 道模擬試題。和實際的新多益測驗一樣，這個模擬測驗也附有「作答說明」（Directions），而且從一道問題到下一道問題之間也是間隔 5 秒。請利用這 5 秒的時間將 (A)－(C) 選項中的正確答案塗黑。

PART 2

Directions: You will hear a question or statement and three responses spoken in English. They will not be printed in your test book and will be spoken only one time. Select the best response to the question or statement and mark the letter (A), (B), or (C) on your answer sheet.

Sample Answer

Example

You will hear: Where is the meeting room?

You will also hear:

(A) To meet the new director.

(B) It's the first room on the right.

(C) Yes, at two o'clock.

The best response to the question "Where is the meeting room?" is choice (B), "It's the first room on the right," so (B) is the correct answer. You should mark answer (B) on your answer sheet.

11. Mark your answer on your answer sheet. Ⓐ Ⓑ Ⓒ

12. Mark your answer on your answer sheet. Ⓐ Ⓑ Ⓒ

13. Mark your answer on your answer sheet. Ⓐ Ⓑ Ⓒ

14. Mark your answer on your answer sheet. Ⓐ Ⓑ Ⓒ

15. Mark your answer on your answer sheet. Ⓐ Ⓑ Ⓒ

16. Mark your answer on your answer sheet. Ⓐ Ⓑ Ⓒ

17. Mark your answer on your answer sheet. Ⓐ Ⓑ Ⓒ

18. Mark your answer on your answer sheet. Ⓐ Ⓑ Ⓒ

19. Mark your answer on your answer sheet. Ⓐ Ⓑ Ⓒ

20. Mark your answer on your answer sheet. Ⓐ Ⓑ Ⓒ

21. Mark your answer on your answer sheet. Ⓐ Ⓑ Ⓒ

22. Mark your answer on your answer sheet. Ⓐ Ⓑ Ⓒ

23. Mark your answer on your answer sheet. Ⓐ Ⓑ Ⓒ

24. Mark your answer on your answer sheet. Ⓐ Ⓑ Ⓒ

25. Mark your answer on your answer sheet. Ⓐ Ⓑ Ⓒ

Part 2

應答問題

PART 2

作答說明：你將聽到語音播放的一道問題或對事情的陳述，以及三個選項。它們只會播放一次，且不會印在試題本上。選出最適合回應問題的選項，然後塗黑答案紙上 (A), (B), (C) 中的一個選項。

例題答案

例題

你將聽到：會議室在哪裡？

你也將聽到：

   (A) 為了與新主管見面。

   (B) 它在右邊的第一間。

   (C) 是的，在兩點整。

問題「會議室在哪裡？」的最佳回應為選項 (B)「它在右邊的第一間。」所以 (B) 是正確答案。你應該塗黑答案紙上的 (B) 選項。

（接著請從第 11 題開始做起。）

【解答】 11. (B)　　12. (B)　　13. (A)　　14. (A)　　15. (C)　　16. (B)

　　　　17. (B)　　18. (C)　　19. (B)　　20. (B)　　21. (C)　　22. (C)

　　　　23. (C)　　24. (A)　　25. (C)

Part 2 應答問題

11. 理解問句的意思　　　　　　　　　　　　　　　　　解答 (B)

TRACK 33

美 Don't you work on the budget review committee?

英 (A) The budget figures will be released today.

　(B) I used to, but now I'm in the payroll division.

　(C) We reviewed all of the changes and approved them.

Q ： 你沒有參與預算審查委員會的工作嗎？

　(A) 今天會公布預算數字。

　(B) 以前有參與，但現在我在薪資核算部門。

　(C) 我們審查所有變更的部分並裁定核准與否。

解說 這題是否定疑問句。對於 Don't you 的問句，(A) 的主詞不對，先刪去；(C) 是時態不對。(B) I used to (work on the budget review committee)，used to 之後的文字常被省略，意思是「雖然以前是這樣，但現在不同」。根據語意，(B) 是正確答案。

此外，重複問句中所用單字的選項，高達九成的機率不是正確答案，所以含有 budget 的 (A) 和有 review 的 (C) 都可先刪去。一定要記住這項答題技巧，那麼即使不了解問句的意思，也可以正確作答。

發音 要習慣 work on the ／ used to ／ I'm in the ／ all of the 等的美 英音的速度。

重要詞彙 work on ～「做～工作；修理～」／ budget review committee「預算審查委員會」／請注意聽 figures「數字」在英 美音上的不同／ review「審查～」／ approved「批准～」

12. 聽懂 When「何時」 解答 (B)

加 When are you planning to announce the decision?

澳 (A) I've decided to postpone the decision.

   (B) We're holding a press conference next week.

   (C) The board of directors is planning to review that.

Q： 你們預定何時宣布結果呢？
   (A) 我已經決定延期宣布結果。
   (B) 下週我們將召開一場記者會。
   (C) 董事會預定要再審查一次。

解說 對於以疑問詞 when 開頭的問句，回答 next week「下週」的 (B) 是正確答案。刪去有重複問句中單字 decision 及 planning 的 (A) 和 (C)。另外，注意〈be 動詞＋ V-ing〉的現在進行式。Part 1「照片描述」經常會考「現在正在做～」、「現在正想做～」。但 Part 2 以後的聽力測驗，九成的題目都是有關「預定做～」「打算做～」的意思。請牢記這一點。

發音 請注意 directors 的 澳 式發音。

重要詞彙 announce「宣布～」／ decision「決定」／ postpone「延期」／ are holding a press conference「預定召開一場記者會」／ the board of directors「董事會；理事會」

13. 聽懂 What time「何時」 解答 (A)

NZ What time are you planning to arrive?

加 (A) I'll be there by six a.m.

   (B) It's about ten forty-five.

   (C) I arrived at noon, as usual.

Q ： 預定何時到達呢？

　　(A) 大約早上六點到。

　　(B) 十點四十五分左右。

　　(C) 和平常一樣，中午到。

解說 「預定何時到達呢？」是假設未來的問句，所以不可以回答像 (C) 一樣的過去時態。(B) 是「現在幾點？」的回答。(A) 才是正確答案。

詢問「現在幾點？」的英語說法有以下幾種：

Do you have the time?

What time is it?

What time do you have?

發音 要習慣 I'll be there ／ It's about ／ arrived at ／ as usual 等的速度。

重要詞彙 a.m.「上午」／ as usual「平常；和往常一樣」

---

14. 掌握問句的意思　　　　　　　　　　　　　　解答 (A)

美 Let me know if you have any other questions.

澳 (A) Thanks, I'll be sure to do that.

(B) I'd be happy to answer anything.

(C) Bob was kind enough to help me.

Q ： 如果你還有其他任何問題，請讓我知道。

　　(A) 謝謝。我會這麼做的。

　　(B) 我很樂意回答任何問題。

　　(C) 鮑伯親切地幫助我。

解說 這題是直述句，這類題目每次會出 3 ～ 4 題。考生要能解讀題目的意思，才能判斷 (B) 和 (C) 的回答都離了題。另外，能跟得上 **澳** 音嗎？

發音 注意聽 answer 的 **澳** **美** 音有何不同。另外，還要聽習慣 I'll be ／ I'd be 的 **澳** 音。

重要詞彙 was kind enough to do「親切地做～」

澳 You just got back from the sales training course, didn't you?

美 (A) Yes, I took the train to work.

(B) Many stores are having sales.

(C) No, I ended up going to Oslo.

> Q： 你剛參加完銷售訓練課程，對嗎？
>
> (A) 是的，我搭火車去上班。
>
> (B) 許多商店都在拍賣。
>
> (C) 不，結果我去了奧斯陸。

解說 這題是附加問句。(B) 不合時態，先刪去。對於問句中的 go back from「從～回來」，(A) 的 took the train 是毫無意義的回答。此外，有重覆問句中單字的選項，九成都不是正確答案，因此可刪去含有 sales 的 (B)。

記住另一個應考技巧。那就是 training 與 (A) 選項的 train 發音類似，所以也可刪除。

發音 要聽慣 got back from the ／ took the train ／ stores are ／ ended up 的速度。

重要詞彙 just got back from ～「剛從～回來」／ the sales training course「銷售訓練課程」／ sales「銷售；拍賣」／ ended up V-ing「結果是～」／ Oslo「奧斯陸」有時也發 [ˋɑzlo]。

加 Who's planning the luncheon?

英 (A) No thanks, I already ate.

(B) I assume we're in charge of that.

(C) I had lunch with her just last Friday.

Q ： 午宴是由誰企劃呢？

    (A) 不，謝謝。我已經吃過了。

    (B) 我猜是我們負責的。

    (C) 上週五我剛和她共進過午餐。

解說 即使不知道 luncheon「午宴」這個字，也可以正確作答。由於問題是 is planning ～「正在計畫～」，針對此一時態，基本上應該是回答未來式或現在式，因此可刪去「過去時態」的 (A) 和 (C)。正確答案 (B) 中雖然有難度較高的單字 assume「猜想」與慣用語 are in charge of ～「負責～」，但刪去 (A) 和 (C) 之後，剩下的 (B) 當然就是答案。此一消去法適用於新多益測驗的所有單元。

發音 注意 ate 的**英**音。另外，也要注意 assume 的**英**音為 [ɑ`sjum]，**美**音為 [ɑ`sum]。

重要詞彙 had lunch with ～「和～吃過午餐」。

17. 掌握問句中的訊息 　　　　　　　　　　　　解答 (B)

美 Can you tell me where the new library is?

NZ (A) I need to get a couple of books.

    (B) It's two blocks down on the right.

    (C) They're going to build it in the city centre.

Q ： 你可以告訴我新的圖書館在哪裡嗎？

    (A) 我要借二、三本書。

    (B) 這條街再過兩個街口的右手邊。

    (C) 他們預定要蓋在市中心。

解說 本題是在問路，所以 (B) 是正確答案。不要被問句一開始的 Can you 弄糊塗了。不過，你可以聽懂**NZ**音嗎？面對新多益的聽力測驗，在努力回答問題之前，更重要的是要聽慣**英**、**澳**、**NZ**音。雖然**美**、**加**音比較容易聽懂，但有時並不如想像的那麼簡單。此外，in the city centre「鬧區；市中心」是**英**、**澳**、**NZ**的說法，美式說法是 downtown。

發音 注意聽 library 的 美 英 音有何差別，並留意 get a couple of ～的節奏。

重要詞彙 a couple of ～「兩、三個～」／ down「過了這條街；前方的」是副詞，所以沒有「變下坡」的意思。／ on the right「右手邊」

18. 注意類似音　　　　　　　　　　　　　　　　　　　　　解答 (C)

NZ　Angela hasn't checked in, has she?

英　(A) No, she didn't pay by cheque.

　　(B) No, we are not having chicken for lunch.

　　(C) Yes, she was here just a minute ago.

　　Q： 安琪拉還沒有登記入住，對嗎？
　　　　(A) 不，她還沒有用支票付款。
　　　　(B) 不，我們中餐沒吃雞肉。
　　　　(C) 不，她大約一分鐘前到了。

解說 這題是附加問句。若能聽懂問句中的 checked in「（飯店的）登記入住」就會選 (C)。至於 (A) 根本答非所問，而且用發音相近的 cheque [tʃɛk] 來混淆問句中的 checked。(B) 時態不符，且用 chicken [ˋtʃɪkɪn] 來混淆問句中的 checked in。

發音 要習慣 checked in ／ just a 的連音。

重要詞彙 pay by cheque「用支票付款」的 cheque 是英式說法，美式說法為 check ／ just a minute ago「剛剛」

19. 聽懂問句的內容　　　　　　　　　　　　　　　　　　　　解答 (B)

英　How big is the new reception desk?

美　(A) She'll be here at the first of the week.

　　(B) Not quite as big as the one we had before.

　　(C) It's in the lobby to the right of the entrance.

Q： 新的接待櫃台有多大？

 (A) 她下週的第一天就會到。

 (B) 不如我們以前用的那個大。

 (C) 它就在大廳入口處的右邊。

[解說] 如果能聽懂問句，就可以鎖定正確答案為 (B)。(A) 是「她何時可以來這裡呢？」的回答，(C) 是「接待櫃台在哪裡？」的回答。 Part 2 的基本步法是聽懂問句就能作答。

[發音] 要習慣 She'll be here ╱ at the first of ╱ in the ╱ to the right of 的口音。

[重要詞彙] as big as ～「和～一樣大小」╱ the one = the reception desk ╱ to the right of ～「在右邊」╱ entrance「入口」

20. 聽懂長一點的問句   解答 (B)

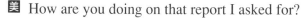

美 How are you doing on that report I asked for?

加 (A) I already talked to the reporters.

 (B) I'll have it to you by noon.

 (C) I haven't had a chance to read it yet.

Q： 我要你做的那份報告做得如何？

 (A) 我已經和記者談過了。

 (B) 中午會交給你。

 (C) 我還沒有機會讀它。

[解說] 雖然問句有點長，但你的聽力是否跟得上美音的速度呢？別讓這樣的速度和長度嚇到了，所有的口音都是從聽習慣開始。在聽力測驗的 Part 2 和 Part 3 中，如果能將對話的「場景」、「狀況」影像化，回答就會更鮮明地留在腦中。先將本題想像成上司與部下的對談，一邊聽語音播放，一邊試著想像「那份報告做得如何？」→「中午會交給你」的場景。

聆聽時要跟得上 asked for ╱ have it to you ╱ haven't had a chance to 的節拍。

重要詞彙 that report (that) I asked for「我要你做的那份報告」╱ have it to you「會把報告交給你」╱ by noon「中午時」

21. 聽懂問句的意思   解答 (C)

NZ Isn't that Choi's briefcase by the copier?

英 (A) No, I've already made all the copies I need.

    (B) I'll make it as brief as possible.

    (C) More than likely, he is always forgetting it.

    Q ： 影印機旁邊的那個手提箱不是喬伊的嗎？

        (A) 是的，我已經影印好我需要的。

        (B) 我會盡可能的讓它簡單扼要。

        (C) 極有可能，他又忘記將它帶走了。

解說 (A) 不符合時態；(B) 的主詞與問句的不一致，兩個都先刪去，剩下的 (C) 就是正確答案。另一個判別方式是，(A) 用類似音 copies 來混淆問句中的 copier，先刪掉；(B) 中也有與問句的 briefcase 發音上易混淆的 brief，也可刪去。若聽力不足，可以利用一些應考技巧來補強。聽了問句後，是否勾勒出「影印機旁邊的那個手提箱」的畫面呢？將問句影像化是應考技巧之一。

發音 要聽慣 copier ╱ all ╱ possible 的口音。

重要詞彙 briefcase「手提箱」╱ copier = copy machine = copying machine「影印機」╱ brief「簡單扼要」╱ More than likely「非常有可能」╱ is always V-ing「老是～（有譴責之意）」

22. 聽懂否定疑問句 解答 (C)

澳 Weren't you supposed to leave for the convention yesterday?

加 (A) I left it on your desk this morning.

(B) Yes, it's very important for both of us.

(C) I was, but something more important came up.

Q ： 你昨天不是預定出發去參加會議嗎？

(A) 今天早上我將它放在你的書桌上了。

(B) 是的，這對我們雙方都很重要。

(C) 是啊，但有更重要的事。

解說 像 (C) 這樣的回答，通常就是正確答案。請記住，變更預定或計畫的選項多半就是正確答案。注意，I was 要強調 was 的音，以加重「是的」的語氣。

發音 請注意 leave for／on your desk／for both of us 中的介系詞，很少清楚地單獨發音。

重要詞彙 were supposed to do「預定做～」／ leave for ～「出發去～」／ convention「會議；大會」／ came up「發生了（問題等）」

23. 聽慣附加問句 解答 (C)

美 It isn't quitting time yet, is it?

英 (A) No, there hasn't been time to do it.

(B) She'll be quitting soon.

(C) Not yet, but almost.

Q ： 還不到下班時間，對嗎？

(A) 不是，已經沒有時間做完它了。

(B) 她就快離職了。

(C) 還沒有，但快了。

解說 對於一定要將英文中譯才能作答的讀者，有不少人會敗在附加問句上。正確答題的訣竅在於聆聽時先略過 not。不過，如果知道 quitting time「下班時間」，心中多半就有了篤定的答案。可先刪除重複問題中單字的 (A) 與 (B)。另外，(C) 以慣用句 Not yet 做回應，答案已呼之欲出。

發音 要聽慣 is it? 的語調。hasn't／isn't 中的 t 幾乎不發音。

重要詞彙 quit「辭職；擺脫討厭的事」

24. 將應答的狀況影像化 解答 (A)

図 Did you see where I left my tool box?

NZ (A) I think I saw it in the break room.

(B) I thought there were 3 boxes.

(C) They have already left for the tour.

Q： 你有看到我把工具箱放到哪裡去了嗎？

(A) 我想我在休息室有看到。

(B) 我認為有三個箱子。

(C) 他們已經出發去旅遊了。

解說 問題的重點是 where ～「哪裡」。因此，回答「場所」in the break room 的 (A) 是正確答案。可利用消去類似音、同音字詞的應考技巧來答題。不受種種的混淆左右，從容應答的話，分數一定可以提高。在聽到 (B) 中有 boxes 時就可以刪掉它；在聽到 (C) 中的 tour 後可知是故意與問句中的 tool 做混淆，也可刪掉。

發音 要能分辨 tool [tul] 與 tour [tur] 的發音差別。

重要詞彙 tool box「工具箱」／ the break room「休息室」／ left for the tour「出去旅遊了」

25. 有技巧地回答有點難度的問題 解答 (C)

 Would it help if we pitched in with the envelope stuffing?

(A) The staff in this company is great.

(B) No, we don't develop film anymore.

(C) Thanks for asking, but we can handle it.

> Q : 如果我們幫忙裝信封會有幫助嗎？
>
> (A) 這家公司的職員很優秀。
>
> (B) 不，我們不再沖洗底片了。
>
> (C) 謝謝你的好意，但是我們做就可以了。

解說 本題的問句本身就難，加上NZ口音也不易理解。不過，如果能冷靜判斷 stuff 與 staff 是類似音，envelope 與 develop 是易混淆的字，就會刪去 (A) 和 (B)。而 (C) 為慣用語 Thanks for asking, but ～，屬於「自行解決型」。即使聽不懂題目在問什麼，只要認定解決的線索就在選項中，就不會輕易放棄。

發音 要習慣 pitched in with the 的節奏。

重要詞彙 Would it help if S (I, We)＋V?「如果～會有幫助嗎？」／ pitched in with ～「幫忙做～」／ envelope stuffing「將小冊子等裝入信封中」／ develop film「沖洗底片」／ Thanks for asking, but ～「謝謝你的好意，但～」

Part 3

Short Conversations

簡短對話

新多益的聽力測驗，改變最大的項目就是 Part 3「簡短對話」。其變更內容如下：

兩人簡短對話 ………… 共十個題組，每一個題組固定搭配 3 道提問

總題數 ……………… 30 題

題型 ……………… 以 A－B－A－B 型對話為主

【注】傳統的 A－B－A 型對話也會穿插 1～2 題

語音播放 ……………… 美 · 英 · 加 · 澳 · NZ

接下來是答對率達七成的應考策略：

---

❶ 完整記住 Part 3 的「9 種基本提問」。然後在 3 秒內快速瀏覽完一道提問，掌握住題目要問的重點。

❷ 瀏覽完提問後，由播放的對話內容找出應該要聽取的重點，並預想一下該則對話的主題為何。

❸ 讓耳朵習慣五國口音的 Part 3「25 個常考單字與 5 種表達方式」。

以上列舉的三個重點是分析《TOEIC® 新官方題庫》後的結果，也是在最短時間內正確作答的對策。再加上習慣五國口音後，將可在 Part 3 中拿到七成以上的分數。

請讀者牢記 Part 3「簡短對話」的「9 種基本提問」（p.78）。

Part 3 的常考提問與出題數

在 Part 3「簡短對話」的 30 道題目中，有 22～23 題甚至高達七成以上是以 What 開頭的提問，各種疑問詞的出題數由多到少排列如下：

1. **What 開頭的提問** —————————— `21～22 題`

2. **Why 開頭的提問** —————————— `2～4 題`

3. **Where 開頭的提問** —————————— `2～3 題`

4. **How 開頭的提問** —————————— `2 題`

5. **When 開頭的提問** —————————— `1 題`

3-1 9種基本提問

要提高 Part 3「簡短對話」答對題數的應考策略是,培養在 3 秒鐘內瀏覽完一道印在試題本上問句的能力。如果不事先瀏覽每一個題組固定會問的 3 道提問,然後再聽語音播放,將面臨下列的困境:

① 無法解答的題目變多了。

② 無法在腦海中勾勒出對話的場景及狀況。

③ 無法記下對話中兩人的「關係」、「指示」、「變更」、「接下來的動向」,以及「未(not)做的事」等訊息。

新多益測驗 Part 3「簡短對話」中的基本提問可區分為以下 9 種。記住它們的出題重點,可以幫助讀者在聆聽播放的對話時,知道應該掌握哪一部分的訊息。

---

❶ 詢問談話的內容

❷ 詢問工作地點

❸ 詢問說話對象的意圖

❹ 詢問談話的目的

❺ 詢問不做的理由

❻ 詢問面臨的問題為何

❼ 詢問對於提案、方針有何意見

❽ 詢問出了什麼問題

❾ 詢問職業

1　詢問談話的內容

* **What are the speakers discussing?**
  「說話者正在談論何事？」

* **What are the man and woman mainly talking about?**
  「對話中的男子與女子主要在談論何事？」

  【注】此題型在新多益的出題頻率最高，一般會出 4～5 題。

語音對策 在兩人前半段或後半段的對話中會有解題的提示。

2　詢問工作地點

* **Where does the woman probably work?**
  「女子可能在何處工作？」

* **Where does the woman most likely work?**
  「女子極可能在何處工作？」

  【注】含有 probably「可能；八成以上確定」或是 most likely「可能；九成以上確定」任一
  　　　副詞的問題，大概會出 3～4 題。

語音對策 詢問內容不限於職場，如果問題中有 woman，表示解題的提示在
女子的談話中。問題中有 man，表示解題的提示在男子的談話中，如果是
they 或 the speakers，則表示要從兩人對話中去找提示。

3　詢問說話對象的意圖

* **What does the woman ask the man to do?**
  「女子要求男子做什麼事？」

* **What does Margot say Jim should do?**
  「瑪格特（女）告訴吉姆（男）該做什麼事？」

  【注】此題型會出 2～7 題。

語音對策 事先瀏覽提問，依「做動作者」→「被做動作者」→「意圖」的順序輸入腦中來聆聽語音播放。當情況為「做動作者」是女性 →「被做動作者」是男性 →「意圖」為何時，請要有解題提示是在女子談話中的認識，等待語音播出。

4　詢問談話的目的

- **What is the purpose of the woman's visit?**
  「女子訪問的目的為何？」

- **What is the purpose of Eileen's directions to the staff?**
  「艾琳對全體員工下達指示的目的為何？」

  【注】此題型會出 1 ～ 2 題。英語的結尾會有很多不同的變化。

語音對策 上面兩個例句的解題提示都在女子的談話中。因此要注意聆聽女子的發言。

5　詢問不做的理由

- **Why does the man not want to go?**
  「為何男子不想去？」

- **Why was the woman unable to come?**
  「為何女子不能來？」

  【注】此題型會出 1 ～ 2 題。

語音對策 上面的例句是男子的發言，下面的例句是女子的發言，兩者均含有解題提示。先對「發言者是誰」與「某人無法做到什麼的理由」有心理準備，等播放語音時再具體鎖定聆聽對象，會是比較有利的做法。

6　詢問面臨的問題為何

- **What is the problem?**
  「有什麼問題嗎？」

- **What problem does the woman mention?**
  「女子提出了什麼問題？」

  【注】此題型會出 1 ～ 2 題。

語音對策 上面例句的解題提示在兩人一開始或是最後的對話中。而下面例句的解題提示則在女子的發言中。

7　詢問對於提案、方針有何意見

- **What does the woman say about the campaign?**
  「關於這場活動，女子說了什麼嗎？」

- **What complaint does the man have about the policy change?**
  「男子對於政策的改變有什麼不滿？」

  【注】此題型會出 1 ～ 2 題。

語音對策 上面例句的解題提示在女子的發言中。而下面例句的解題提示則在男子的發言中。

8　詢問出了什麼問題

- **What happened to the man?**
  「男子發生了什麼事？」

- **What happened to the woman?**
  「女子發生了什麼事？」

  【注】此題型會出 0 ～ 1 題。

語音對策 上面例句的解題提示在男子的發言中。而下面例句的解題提示則在女子的發言中。

9 詢問職業

• **What is the woman's occupation?**

「女子的職業為何？」

【注】此題型會出 0～1 題。

語音對策 此例句的解題提示在女子的發言中。詢問職業的題目必定會出現多個提示，容易找到正確答案。

Part 3「簡短對話」的基本提問可以歸類出上述 9 種。若能完整記下這些問法及詢問的內容，將可以訓練在 8 秒鐘內瀏覽完一則對話的 3 道相關提問。

面對 Part 3「簡短對話」，如果不事先瀏覽試題本的問句、不能建立「知道該鎖定播放對話中哪一部分資訊」的應答技巧，可能會反應不及，不知何者才是正確答案。由於新多益的對話比舊多益來得長，且對話內容是五國口音穿插出現，辨聽內容的難度相對提高，考生很容易就會忘了聽到的對話內容是什麼。所以，首要之務在於完整記住這 9 種基本提問。

3-2　5大提問主題

Part 3 的「簡短對話」，除了前面介紹的「9 種基本提問」外，還有「5 大提問主題」。如果能一併記下，此部分的應考對策就算非常完備了。

> ❶ 詢問針對某一問題的發言
> ❷ 詢問抱怨的內容
> ❸ 詢問對於事態、狀況的印象
> ❹ 詢問變更的內容
> ❺ 詢問有何期待

1　詢問針對某一問題的發言

- **What does the man say about the problem?**
  「男子針對這個問題說了些什麼？」

2　詢問抱怨的內容

- **What did the caller complain to the company about?**
  「來電者抱怨這家公司什麼事？」

3　詢問對於事態、狀況的印象

- **How does the woman feel?**
  「女子感覺如何？」

4 詢問變更的內容

- **How will the woman change the dress code?**
  「女子將會如何改變服裝規定？」

5 詢問有何期待

- **What did the man expect the staff to do?**
  「男子期待員工做什麼事？」

像這樣完整記下「5大提問主題」與前述的「9種基本提問」，先整理出可能會被問到的範圍和內容，接著只要在播放的對話中確認問題點，並鎖定一個選項就可以了。

Part 3「簡短對話」的應考對策在於集中力的分配：瀏覽3道提問占六成→從語音找到問題點的解決對策占三成→鎖定答案選項占一成。在可用8秒鐘瀏覽完3道提問前，請先牢牢記住「5大提問主題」與「9種基本提問」。

3-3 解題步驟的確認與演練

接下來是解題步驟的演練，請利前面學過的「9種基本提問」與「5大提問主題」，試做底下的練習題看看能答對幾題。

測驗的形式如下：

「Ａ－Ｂ－Ａ－Ｂ」型對話是主流，九成以上題目是此類型
「Ａ－Ｂ－Ａ」型對話，即使有出題也只有1～2題

這兩種形式的聽力都要訓練，但切勿忘記主流為「Ａ－Ｂ－Ａ－Ｂ」型。

解題步驟整理如下：

▶ 用8秒鐘瀏覽3道提問，記下問題點。

⬇

▶ 聆聽語音播放時只集中在問題點上。

⬇

▶ 用16秒的時間回答3道提問，塗黑答案紙上的選項。實際考試時，每道提問的答題時間為8秒，3題共24秒，但建議利用16秒答完3題，剩下的8秒鐘則用來瀏覽下一題組的3道提問。

⬇

▶ 用8秒鐘瀏覽完下3道提問，逐一找出問題點。

請將上述步驟影像化後印在腦海，完全明白後就開始做次頁的練習。

下面 3 道提問，請依 8 秒鐘瀏覽完畢 → 語音對話結束 → 16 秒答完 3 道提問，並塗黑一個選項的步驟來作答。

41. What is the purpose of the man's request?

    (A) To find a store

    (B) To get an interview

    (C) To buy a newspaper

    (D) To pay for parking

    Ⓐ Ⓑ Ⓒ Ⓓ

42. What does the man ask the woman for?

    (A) Directions

    (B) Small change

    (C) A part-time job

    (D) A free newspaper

    Ⓐ Ⓑ Ⓒ Ⓓ

43. Why does the man ask the woman to make an exception to the rule?

    (A) They are old friends.

    (B) He doesn't have any money.

    (C) There are no other stores nearby.

    (D) He is rushing to an appointment.

    Ⓐ Ⓑ Ⓒ Ⓓ

解析

Questions 41 through 43 refer to the following conversation.

加 M： Pardon me. Can you break a five-dollar bill? I need to put some change in the parking meter.

美 W： I'm sorry, sir. Our newsstand doesn't give out change. There's a convenience store around the corner that might.

加 M： Could you make an exception in this case? I'm almost late for a big job interview.

美 W： Sorry, but I'd be happy to if you buy a paper or a magazine.

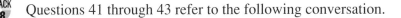

41 題至 43 題根據底下的對話作答。

加 男： 不好意思。你可以將五元紙鈔換零嗎？我需要一些零錢投入停車計費表。

美 女： 先生，對不起。我們報攤不換零。轉角的便利商店可能可以。

加 男： 你可以破例一次嗎？我快趕不及一個重要的工作面試。

美 女： 對不起，但是我會很高興換你零錢要是你買一份報紙或雜誌。

41. 從基本提問 What is the purpose 意識到要聽取「目的」　　解答 (D)

在事先瀏覽提問時，知道這題要問男子「拜託的目的」，所以聽語音播放的男子第一句話 I need to put some change in the parking meter.「我需要一些零錢投入停車計費表。」就可推出正確答案。

42. 從提問主題意識到要聽取「希望對方做什麼事」　　解答 (B)

一開始男子說 Can you break a five-dollar bill?「你可以將五元紙鈔換零嗎？」就是解題線索。即使不知道 break「紙鈔換零」這個字，也可從之後的 I need to put some change in the parking meter. 找到第 2 個解題線索。

Part 3 簡短對話

事先瀏覽提問時記下「男子希望女子破例一次的事」，然後聽語音。男子第二次的談話 I'm almost late for a big job interview.「我快趕不及一個重要的工作面試」是提示，從此句可以推知「男子非常著急」。

[提問與選項的中譯]

41. 男子提出要求的目的為何？
    (A) 找一間店　　　　(B) 要面試　　　　(C) 買報紙　　　　(D) 付停車費

42. 男子要求女子做什麼事？
    (A) 指引方向　　　　(B) 換零錢　　　　(C) 一份兼差的工作　(D) 一份免費的報紙

43. 為何男子要求女子破例？
    (A) 他們是老朋友了。　　　　　　(B) 他沒有錢。
    (C) 附近沒有任何其他的商店。　　(D) 他正趕著要去赴一個約會。

這個練習是否讓你真實地感受到事先瀏覽 3 道提問的威力呢？在新多益測驗中，一旦「Ａ－Ｂ－Ａ－Ｂ」型對話播放完畢，就要立刻回答完問題。也就是說：

▶ 對話播放完畢。
　　　　⬇
▶ 立刻做完試題本上 No.41. What is the purpose of the man's request? 的題目。
　　　　⬇
▶ 8 秒之後，要做完試題本上 No.42. What does the man ask the woman for? 的題目。
　　　　⬇
▶ 另一個 8 秒是做完試題本上 No.43. Why does the man ask the woman to make an exception to the rule? 的題目。

另外，還要養成利用最後 8 秒的停頓時間瀏覽下一題組 3 道提問的習慣。 3
道提問的解答時間變成只有 16 秒。因此真正參加考試時，快速往下作答即
可，不用聽提問播放。

2　3 題 9 問的實戰練習

接下來是 3 個題組 9 道提問的練習。兩個題組是「A－B－A－B」型對
話，另一個題組是「A－B－A」型對話。確認以下的步驟後再開始作答。

> 一開始以 8 秒的時間瀏覽 3 道提問 → 以 16 秒回答 No.44 ／ No.45 ／
> No.46 → 利用 No.46 的 8 秒空檔瀏覽下一題組的 3 道提問 No.47 ／
> No.48 ／ No.49 → 等待接下來的語音播放。讀題目和作答的 8 秒鐘停頓
> 時間，比照實際的新多益測驗。

那麼請開始 3 題 9 問的練習。

 RACK 49

44. What are the speakers mainly talking about?

    (A) A raise

    (B) A new job

    (C) An evaluation

    (D) A complaint

45. How does the woman know Mr. Potter?

    (A) They were partners.

    (B) They are old friends.

    (C) He used to work for her.

    (D) She used to work for him.

46. What has the woman decided to do?

    (A) Work for the bank

    (B) Work for Mr. Potter

    (C) Go to graduate school

    (D) Finish her high school degree

                                  (A) (B) (C) (D)

TRACK 50 47. What is the woman most likely to do next?

    (A) Go to the post office

    (B) Shop for a birthday present

    (C) Take her clothes to the cleaners

    (D) Pick up her son after soccer practice

                                  (A) (B) (C) (D)

48. Where is the man going to go after work?

    (A) To New York City

    (B) To a baseball game

    (C) To a sandwich shop

    (D) To his house

                                  (A) (B) (C) (D)

49. Why does the man have more free time than the woman?

    (A) His job isn't very difficult.

    (B) He isn't married.

    (C) He has no other hobbies.

    (D) He doesn't work as hard.

                                  (A) (B) (C) (D)

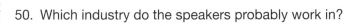

50. Which industry do the speakers probably work in?

(A) Shipping

(B) Banking

(C) Retailing

(D) Engineering

51. What happened to Ms. Washington?

(A) She quit her job.

(B) She was hired.

(C) She was fired.

(D) She was transferred.

52. Who is now doing Wilma's job?

(A) The boss's daughter

(B) The boss's brother

(C) The boss's nephew

(D) The boss's niece

Questions 44 through 46 refer to the following conversation.

英 M：Ms. Livingston, thank you for coming in. We are looking for some new people for entry-level positions here at the bank. My friend, Paul Potter has recommended you very highly.

澳 W： Oh, Mr. Potter was my boss at my last job, before I got laid off. He was a pleasure to work for.

英 M： He likes you too. He told me you are smart, honest and hardworking, and that's exactly the kind of person we are looking for. Are you interested in a career in banking?

澳 W： As a matter of fact, I've decided to go back to school this autumn and get my MBA. But I am looking for a part-time job.

44 題至 46 題根據底下的對話作答。

英 男： 歡迎，立文斯頓小姐。我們銀行正在找尋一些初階職位的新人。我的朋友保羅・帕特強烈地推薦妳。

澳 女： 喔，在我被暫時性解雇前，帕特先生是我上一份工作的上司。和他一起工作很愉快。

英 男： 他也很讚賞妳。他告訴我妳很聰明、誠實、勤勉，而這正是我們所需要的人才。妳對銀行的工作有興趣嗎？

澳 女： 事實上，我決定今年秋天要重回校園，取得企業管理碩士學位。但是我正在找一份兼職的工作。

44. 從基本提問意識到要聽取「兩人交談的內容」　　　　解答 (B)

如果事先有瀏覽過提問，記住要聽取的是「兩人談話的內容」，就可以簡單找到正確答案。男子最後說 Are you interested in a career in banking?「你對銀行的工作有興趣嗎？」，女子最後說 But I am looking for a part-time job.「但是我正在找一份兼職的工作。」

由此推知「兩人對話的內容」是 (B)「新的工作」。

45. 意識到要聽取有關 Mr. Potter 的敘述　　　　　　解答 (D)

如果提問中有人名、地名，必定也會出現在語音播放中。本題是問「女子知道帕特先生的理由」。另外，由於提問中有 How does the woman know ～，就要意識到「女子的談話」中會有解題提示。女子一開始就說 Mr. Potter was my boss「帕特先生曾是我的上司」。她還提供了另一個訊息 He was a pleasure to work for.「和他一起工作很愉快。」，由此可知 (D) 是正確解答。

46. 意識到要聽取「女子的決定」　　　　　　　　　解答 (C)

由於提問中有 the woman ，所以要仔細聽女子的談話。解題提示在女子最後說的 I've decided to go back to school this autumn and get my MBA.「我決定今年秋天要重回校園，取得企業管理碩士學位」。正確答案是 (C) 的 graduate school「研究所」，它是 MBA「企管碩士」的替代說法。

提問與選項的中譯

44. 兩人主要的談話內容為何？
    (A) 升遷　　　　　　(B) 一份新工作　　　(C) 評價　　　　　(D) 抱怨

45. 女子是如何認識帕特先生的呢？
    (A) 他們是合夥人。　　　　　　　(B) 他們是老朋友。
    (C) 她曾經是他的上司。　　　　　(D) 他曾經是她的上司。

46. 女子決定要做什麼呢？
    (A) 在銀行工作　　　　　　　　　(B) 為帕特先生工作
    (C) 唸研究所　　　　　　　　　　(D) 完成高中學歷

重要詞彙 are looking for ～「正在找尋～」/ entry-level positions「初階職位」指最低的職位。/ recommend「推薦～」/ got laid off「暫時被解雇」/ work for ～「為誰工作」，是重要的慣用語 / As a matter of fact「事實上」/ autumn「秋天」，美式說法是 fall。

此則對話的播放時間約 34 秒。如果以新多益測驗的時間為標準，它是稍長了一點。請事先簡單地記住分析結果。

「A－B－A－B」型對話的語音播放時間
▶ 最短···················· 20 秒：題數 1～4 題
▶ 平均···················· 31 秒：題數 3～6 題
▶ 稍長···················· 38 秒：題數 2～4 題
▶ 最長···················· 47 秒：題數 1 題

TRACK
50

Questions 47 through 49 refer to the following conversation.

NZ M： I think I'm going to slip out of here a bit early today. I need to get to the post office before they close to send a birthday present to my sister. And I've got to go shopping, stop by the dry cleaner's and pick up my son after football practice.

加 M： That's fine by me. I'm just going to go home, make myself a sandwich and watch the baseball game. We're playing New York tonight. It ought to be a great game.

NZ W： I envy you. I love baseball, but I haven't had time to just sit and watch a game all season.

加 M： That's too bad. I guess the single life does have some advantages.

47 題至 49 題根據以下的對話作答。

NZ 女： 我想我今天要早一點離開這裡。我必須趕在郵局下班前將要送給我姐姐的生日禮物寄出去。還有我要去買東西、在乾洗店停留一下，然後去接我剛練習完足球的兒子。

加 男： 我還好。我正要回家為自己做一個三明治，然後看一場棒球比賽。今晚在紐約開打，應該是一場精采的比賽。

NZ 女： 真羨慕你。我喜歡棒球，不過整個球季我都沒有時間好好坐下來看一場比賽。

加 男： 真是糟糕。我想單身生活確實還是有一些好處的。

47. 注意聽「女子接下來的行動」　　　　解答 (A)

事先瀏覽提問後可知要注意女子的發言及「她接下來要做什麼？」。一開始女子就說 I need to get to the post office「我必須去郵局」，這是她下班後首先要去的地方，由此可知應該要選 (A)「去郵局」。

48. 注意聽「男子下班後的動向」　　　　解答 (D)

事先瀏覽提問後可知要注意男子所說的「下班後的動向」。男子一開始說 I'm just going to go home「我正要回家」就是正確答案。

49. 意識到要聽取「男子比女子更有時間的理由」　　　　解答 (B)

可從事先瀏覽意識到要聆聽男女兩人的交談。這種題型的解題提示往往在兩人前半段或後半段的談話中，本題是在後半段。特別是男子最後所說的 I guess the single life does have some advantages.「我想單身生活確實還是有些好處的。」就是決定性的關鍵，由此可推知 (B)「他未婚」是正確答案。

提問與選項的中譯

47. 女子接下來最可能做什麼？
　　(A) 去郵局　　　　　　　　　　(B) 逛街買一份生日禮物
　　(C) 去洗衣店拿衣服　　　　　　(D) 去接她練習完足球的兒子

48. 男子下班後要去哪裡？
　　(A) 去紐約　　　(B) 去看棒球比賽　　　(C) 去三明治店　　　(D) 回家

49. 為什麼男子比女子有更多的空閒時間呢？

    (A) 他的工作不是那麼難。   (B) 他未婚。

    (C) 他沒有嗜好。   (D) 他工作不像女子那麼認真。

重要詞彙 slip out of here「離開這裡（下班）」／ a bit early「早一點」／ get to the post office to send～「去郵局寄～」／ stop by ～「順道去～」／ pick up ～「接送～」是重要慣用語。／ football「足球」，美式說法為 soccer。／ That's fine by me.「我還好耶」是固定說法。／ ought to be ～「應該是～」／ That's too bad.「真是糟糕」是固定說法。

這裡再複習一下 Part 3「簡短對話」中不同疑問詞的出題數。

  ▶ What·····················21～22 題

  ▶ Why ·····················2～4 題

  ▶ Where·····················2～3 題

  ▶ How·····················2 題

  ▶ When ·····················1 題

由此可判斷在全部 30 道提問中，七成以上是以 What 開頭的問句，請讀者多多加強此種題型的回答。

Questions 50 through 52 refer to the following conversation.

美 W： Did you hear Wilma Washington got fired over that disagreement she had with the loan manager? I can't believe he would do that over something so minor.

英 M： I know, and then he hires his brother's daughter to take her job. I think he was just looking for an excuse to get rid of her. They never really got along very well.

美 W： True. She could be difficult to deal with at times, but she was the best teller we had. She really cared about making the customers happy.

50 題至 52 題根據底下的對話作答。

美 女： 你聽說了嗎？威瑪・華盛頓和貸款部經理意見不和，被炒了魷魚。我真不敢相信他為了這種小事就這麼做。

英 男： 我了解，接著他就雇用他弟弟的女兒接替她的工作。我認為他只是在找一個藉口開除她。他們一直以來就處不好。

美 女： 沒錯。她偶爾可能有些難相處，但她是我們最好的行員。她真的是很用心地要讓顧客滿意。

50. 從基本提問意識到要聽取「職業」　　　　解答 (B)

詢問行業、職業的題目，通常很容易回答，因為提示很多。女子在交談中有提到 loan manager「貸款部經理」、teller「行員」兩個字。因此可知應該選擇 (B)「銀行業」。

51. 如果提問中有人名，就意識到要聽取人名　　　解答 (C)

如果提問中有人名，一定會在語音中出現過一次。即使對談中登場的人物有 2 ～ 3 位，關鍵仍在於考生是否已事先做好聽取重點的準備。像是邊聽語音播放，邊將登場人物替換為自己印象深刻的人物，就可以幫助作答。舉例來說，聽到「Wilma Washington」可以把它替換成「美國第一任總統的女兒」，讓名字留在腦中。

不過，這一題只要事先瀏覽提問就知道答案是什麼了。能意識到是在問「華盛頓小姐發生了什麼事？」那麼很快就可以將女子一開始的發言 Wilma Washington got fired「威瑪・華盛頓被了炒魷魚」鎖定為解題提示。

52. 意識到要聽取「威瑪的工作是誰在做的？」 解答 (D)

男子所說的 he hires his brother's daughter to take her job「他雇用他弟弟的女兒接替她的工作。」是解題提示。而 his brother's daughter 換個說法就是 niece「姪女」。請保持只聽取正確答題所需重點的應答態度。

> 本對話題的語音播放時間約 27 秒。「A－B－A」型對話的對話長度
> 為 27～38 秒，會出 0～2 題。

提問與選項的中譯

50. 這兩位談話者可能從事什麼行業？
    (A) 航運業　　　　(B) 銀行業　　　　(C) 零售業　　　　(D) 工程業

51. 華盛頓小姐發生什麼事呢？
    (A) 她辭職了。　(B) 她被錄取了。　(C) 她被解僱了。　(D) 她被調職了。

52. 現在是誰接替威瑪的工作呢？
    (A) 她上司的女兒　(B) 她上司的弟弟　(C) 她上司的侄子　(D) 她上司的姪女

重要詞彙 got fired over ～「～被炒魷魚」/ disagreement「意見不合」/ would do that「會做出～舉動」指炒人魷魚的舉動 / 注意 over something (that is) so minor「那樣的小事」的省略用法 / an excuse to get rid of her「以一個藉口開除她」/ got along very well「很合得來」/ could be difficult to deal with「可能有些難相處」/ at times「偶而」是片語 / teller「行員」是美式說法，英式說法為 cashier。

3-4 「25個常考單字與5種表達方式」的聽力特訓

接著要針對過去3年間頻頻出現在 Part 3「簡短對話」中的「25個單字」和
「5種表達方式」，進行聽力特訓，讓讀者可從容聽懂五國口音。利用 CD，
反覆「聆聽 → 聆聽 → 模仿跟讀」的作業。

ACK
52

1 「25個常考單字」的聽力訓練

（編注：雖是五國人士的英語口音，但仍標出 KK 音標供讀者參考，請讀者在聆聽時要特別留意各單字發
音上的差異。）

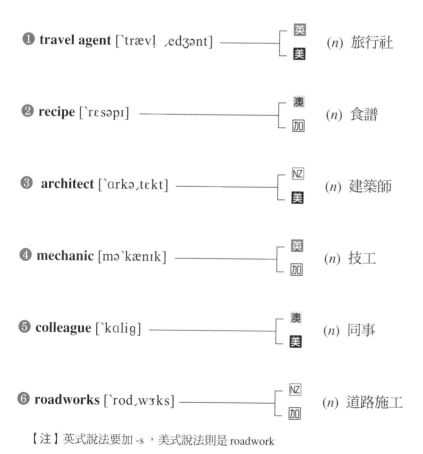

❶ **travel agent** [`trævl ˌedʒənt] ── 英 / 美 　*(n)* 旅行社

❷ **recipe** [`rɛsəpɪ] ── 澳 / 加 　*(n)* 食譜

❸ **architect** [`ɑrkəˌtɛkt] ── NZ / 美 　*(n)* 建築師

❹ **mechanic** [mə`kænɪk] ── 英 / 加 　*(n)* 技工

❺ **colleague** [`kɑlig] ── 澳 / 美 　*(n)* 同事

❻ **roadworks** [`rodˌwɜks] ── NZ / 加 　*(n)* 道路施工

【注】英式說法要加 -s，美式說法則是 roadwork

❼ job offer [ˋjɑb ɔfɚ] ——— 英 美 　(*n*) 工作聘任

❽ car rental office [ˋkɑr ˏrɛntḷ ɔfɪs] ——— 澳 加 　(*n*) 租車處

❾ cuisine [kwɪˋzin] ——— NZ 美 　(*n*) 烹飪

❿ merchandise [ˋmɝtʃənˏdaɪz] ——— 英 加 　(*n*) 商品

⓫ detergent [dɪˋtɝdʒənt] ——— 澳 美 　(*n*) 洗潔劑

⓬ moving company [ˏmuvɪŋ ˋkʌmpənɪ] ——— NZ 加 　(*n*) 搬家公司

TRACK 53 **⓭ dinosaur** [ˋdaɪnəˏsɔr] ——— 英 美 　(*n*) 恐龍

⓮ deadline [ˋdɛdˏlaɪn] ——— 澳 加 　(*n*) 截止時間

⓯ packet [ˋpækɪt] ——— NZ 美 　(*n*) 小包

⓰ procedure [prəˋsidʒɚ] ——— 英 加 　(*n*) 流程

⑰ discount [`dɪskaʊnt] ——— 澳 / 美 　*(n)* 折扣

⑱ retirement [rɪ`taɪrmənt] ——— NZ / 加 　*(n)* 退休

⑲ paperwork [`pepɚˌwɝk] ——— 英 / 美 　*(n)* 文書工作

⑳ cargo [`kɑrgo] ——— 澳 / 加 　*(n)* 貨物

㉑ review [rɪ`vju] ——— NZ / 美 　*(v)* 檢討；檢查

㉒ deliver [dɪ`lɪvɚ] ——— 英 / 加 　*(v)* 遞交

㉓ transfer [træn`sfɝ] ——— 澳 / 美 　*(v)* 轉調

㉔ nervous [`nɝvəs] ——— NZ / 加 　*(adj)* 焦慮不安的

㉕ competitive [kəm`pɛtətɪv] ——— 英 / 美 　*(adj)* 競爭的

Part 3　簡短對話

2 「5種表達方式」的聽力訓練

這部分是 Part 3「簡短對話」中有點難度的英語表達方式。請多聽幾次 CD，以習慣五國的口音與節奏。底下 5 個短句是依 英 → 美 → 澳 → 加 → 紐 的順序朗讀。

❶ **Do you have any rooms available for two tourists, one night?**
「你們有空房給兩位旅客住宿一晚嗎？」

❷ **I'd like to hear about the new procedure the board reviewed.**
「我想聽聽關於董事會檢討後得出的新流程。」

❸ **We haven't ever before seen such sharp increases in costs.**
「我們從未看過成本如此急遽增加的。」

❹ **Sara is far less specific about it with us than she was at the investor conference.**
「莎拉和我們在一起時所提出的建議不如她在投資人研習會上的具體。」

❺ **Nobody wants to buy an expensive bag one season, and then have it just sit in the closet forever.**
「沒有人會買使用一季後就只能束之高閣的昂貴包包。」

3-5 模擬測驗 Practice Test

前面已經完成七成左右對應 Part 3「簡短對話」的必要基礎訓練。最後請試做附有「作答說明」（Directions）的四個題組、12道提問的模擬試題。從一個問題到下個問題之間，比照新多益的實際考試，有8秒鐘的作答時間。請利用這8秒鐘，在答案紙上找到正確的選項，將它塗黑。

PART 3

Directions: You will hear some conversations between two people. You will be asked to answer three questions about what the speakers say in each conversation. Select the best response to each question and mark the letter (A), (B), (C), or (D) on your answer sheet. The conversations will not be printed in your test book and will be spoken only one time.

41. What are the speakers mainly discussing?

    (A) Checking their email

    (B) Sending a message

    (C) Uploading some files

    (D) Joining tech support

42. What is the man unable to do?

 (A) Remember his passport
 (B) Print the price list
 (C) Use his computer
 (D) Get in touch with Tariq

Ⓐ Ⓑ Ⓒ Ⓓ

43. How does the man know Tariq's password?

 (A) He called Tariq.
 (B) The woman told him.
 (C) He's a computer expert.
 (D) Tariq told him.

Ⓐ Ⓑ Ⓒ Ⓓ

TRACK 58

44. What happened during Nina's presentation?

 (A) The electricity stopped.
 (B) The microphone broke.
 (C) The fire alarm went off.
 (D) Her notes fell on the floor.

Ⓐ Ⓑ Ⓒ Ⓓ

45. How many times has Nina most likely given this presentation?

 (A) Once or twice
 (B) Half a dozen times
 (C) Less than ten times
 (D) More than ten times

Ⓐ Ⓑ Ⓒ Ⓓ

46. What kind of training does the woman think will help his career?

(A) Speech training

(B) Swimming training

(C) Job training

(D) Camp training

Ⓐ Ⓑ Ⓒ Ⓓ

47. What are the speakers doing?

(A) Visiting a restaurant

(B) Planning a luncheon

(C) Eating at a buffet

(D) Designing a fashion line

Ⓐ Ⓑ Ⓒ Ⓓ

48. Why is the man concerned about the expected attendance?

(A) He is in charge of marketing the event.

(B) He needs to reserve a big enough room.

(C) He has to get enough chairs for everyone.

(D) He is supposed to arrange lunch for everyone.

Ⓐ Ⓑ Ⓒ Ⓓ

49. What does the man decide to do?

(A) Become a vegetarian

(B) Have the event catered

(C) Make restaurant reservations

(D) Let participants bring their own lunch

Ⓐ Ⓑ Ⓒ Ⓓ

50. What is the man's occupation?

    (A) He is a bank teller.

    (B) He runs a tanning salon.

    (C) He operates a cash register.

    (D) He is a sporting goods salesman.

    Ⓐ Ⓑ Ⓒ Ⓓ

51. What does the woman complain about?

    (A) The man doesn't give change accurately.

    (B) The man plays his music too loud at work.

    (C) The man doesn't dress appropriately for work.

    (D) The man rearranges the store displays too often.

    Ⓐ Ⓑ Ⓒ Ⓓ

52. What does the woman conclude about the man?

    (A) He probably will run the business someday.

    (B) He isn't a creative or an imaginative kind of person.

    (C) He doesn't have a personality suitable for his job.

    (D) He hasn't been working long enough to be put in charge.

    Ⓐ Ⓑ Ⓒ Ⓓ

▌作答說明中譯▐

PART 3

說明：你將聽到一些兩人間的對話，同時被要求回答與對話內容有關的 3 道提問。選出最適合的回答，然後塗黑答案紙上 (A) (B) (C) (D) 中的一個選項。這些對話不會印在試題本上，而且只會播放一次。

【解答】 **41.** (C)　　**42.** (C)　　**43.** (D)　　**44.** (B)　　**45.** (D)　　**46.** (A)

　　　　 47. (B)　　**48.** (D)　　**49.** (B)　　**50.** (C)　　**51.** (A)　　**52.** (C)

第 41 ～ 43 題

事先瀏覽 3 道提問，集中聆聽「男子不能做的事」

Questions 41 through 43 refer to the following conversation.

W：Have you finished uploading those new price lists to the Website?

M：No, my computer isn't working. I'm waiting for the tech support guy to come up here and fix it.

W：We really need those lists up today. The sales reps are already calling our customers about them. Can you use someone else's computer? How about Ramya's?

M：I don't know his password and he's out of the office. I guess I could use Tariq's. He told me the password last week, when he called in and asked me to check his email.

41 題至 43 題根據底下的對話作答。

女：你已經將那些新的價格表上傳到網站了嗎？

男：還沒有，我的電腦壞了。我現在正在等技術人員來修理。

女：我們今天一定要將價格表上傳。業務代表們正在用電話通知顧客這件事。你可以用其他人的電腦嗎？可以用藍姆亞的嗎？

男：我不知道他的密碼，而且他現在不在辦公室。我可以用泰利格的。他上禮拜打電話進辦公室要求我替他檢查電子郵件時，曾經告訴我他的密碼。

41. 注意聽基本提問「兩人談話的內容為何？」　解答 (C)

解說 解題提示在女子的兩句發言 Have you finished uploading those new price lists to the Website?「你已經將那些新的價格表上傳到網站了嗎？」和 We really need those lists up today.「我們今天一定要將價格表上傳。」由此推知 (C) 為正確答案。

42. 注意聽基本提問「男子不能做的事」　解答 (C)

解說 將提問中的 man「男子」和 unable「不能」當成提示，仔細聽男子的發言。一開始男子說的 my computer isn't working「我的電腦壞了」就是提示。

43. 注意聽「男子如何知道密碼」　解答 (D)

解說 一看見提問中有人名，就知道語音中也會出現。還有一點，在新多益測驗中會出現各種沒聽慣的人名。例如本題的 Tariq 是伊斯蘭教信徒的名字，如果事先未瀏覽提問，就會很困惑不知它是普通名詞、人名，或是公司名稱。至少要先弄清楚是人名，再聽語音播放。

解題提示在男子第二次的發言 I guess I could use Tariq's. He told me the password last week「我想我可以用泰利格的。他上禮拜曾告訴我他的密碼」。

實際體驗了事先瀏覽提問的效果，感覺如何？讀者應該要建立「不必太執著於語音對話的所有內容，只聆聽正確作答所需訊息」的態度，徹底實踐「事先瀏覽題目 → 鎖定解答提示」的做法。

提問與選項的中譯

41. 兩位說話者主要在談論什麼？
 (A) 檢查他們的電子郵件　　　　(B) 傳送一個訊息
 (C) 上傳一些檔案　　　　　　　(D) 加入技術支援

42. 男子不能做何事？

    (A) 記住他的密碼   (B) 列印價格表   (C) 使用他的電腦   (D) 聯絡上泰利格

43. 男子如何知道泰利格的密碼呢？

    (A) 他打電話給他。   (B) 女子告訴他的。

    (C) 他是一位電腦專家。   (D) 泰利格告訴他。

重要詞彙 upload X to Y「將 X 上傳到 Y」／ Website「網站」／ tech support guy「電腦維修人員」／ need ～ up「必須將～上傳」／ sales reps「業務代表」= sales representatives ／ called in「打電話」是重要慣用語。

第 44 ～ 46 題

事先瀏覽 3 道提問，集中聆聽「突發事件」和「次數」

TRACK 58

Questions 44 through 46 refer to the following conversation.

英 M ： That was a great presentation, Nina. You didn't seem the least bit nervous, even when the microphone died. Personally, I'm terrified of speaking in public.

澳 W ： To tell you the truth, so am I. But it gets easier with practice. I must have done this presentation at least a dozen times, so I'm pretty comfortable with it.

英 M ： I wish I was. Maybe I should get some kind of special training. I think it would really help my career.

澳 W ： I think you're right. It's an excellent way to get noticed by the people at the top of the company.

44 題至 46 題根據底下的對話作答。

英 男： 妮娜，那真是一場很棒的簡報。當麥克風故障時，妳似乎一點都不緊張。我最怕公開演說了。

澳 女： 說實話，我也是。但是透過練習就變得容易多了。這個簡報我至少已
　　　經練習不下十幾次了，所以能駕輕就熟。

英 男： 但願我也能。也許我應該去上一些特別的訓練。我認為這樣對我的工
　　　作有幫助。

澳 女： 我認為你是對的。這是一個可以獲得公司高層青睞的極佳方式。

44. 注意聽「妮娜在簡報時的意外」　　　　　　　　　　　　解答 (B)

解說 這是個陷阱題。儘管題目問「妮娜的簡報」，但解題提示並不在妮娜的
發言，而在「男子的發言」。不過，這類題目只會出 1～3 題，所以不必太擔
心。答題關鍵在男子一開始說的 That was a great presentation, Nina. You～,
even when the microphone died.「妮娜，那真是一場很棒的簡報。當麥克風故
障時～」，意外就是「麥克風故障」。died「故障了」也可用 broke 來替代。

45. 聆聽「妮娜練習簡報的次數」　　　　　　　　　　　　　解答 (D)

解說 提問中的 most likely 是「百分之九十以上的確定」，但真正考試時，將
其解釋為「很有可能」就可以了。從提問題可知解題提示在「妮娜的發
言」。一開始女子（妮娜）就說 I must have done this presentation at least a
dozen times.「我至少已經練習不下十幾次了」，而最接近的說法是 (D) More
than ten times「超過 10 次以上」。

46. 聆聽「女子認為對男子的工作有幫助的訓練」　　　　　　解答 (A)

解說 如果不認識提問中的 career「職業」，光聽語音會很容易搞錯。女子最
後所說的 It's an excellent way to get noticed by the people at the top of the
company.「這是一個可以獲得公司高層青睞的極佳方式」為解題提示。不過
句中的主詞是代名詞 it，未直接指明所指為何（這裡是指 speaking in public
「在眾人前演說」），讀者如果能經常將「對話主題」記在心中，應不難對應
這類題目。

第44題和46題也許有點難，但在實際考試時，為了要有得分的差異，會出現類似的陷阱題。另外，請注意第45題是問「次數」，所以要用心聽對話中提到數字的部分，而第46題則是記下聆聽重點是對話的主題。

44. 在妮娜做簡報時，發生了什麼事呢？
    (A) 停電。　　　　　　　　　　　(B) 麥克風故障。
    (C) 火警警示鈴響起。　　　　　　(D) 她的小抄掉到地上。

45. 妮娜為了這場簡報很有可能練習了多少次？
    (A) 一或二次。　　(B) 六次。　　(C) 少於十次。　　(D) 多於十次。

46. 女子認為何種訓練對男子的工作有助益？
    (A) 演說訓練　　　　　　　　　　(B) 游泳訓練
    (C) 工作訓練　　　　　　　　　　(D) 露營訓練

重要詞彙 not ～ the least bit「一點也不～」／ am terrified of ～「害怕～」／ so am I「我也是」= I am also terrified of speaking in public ／ More than ten times「不下十幾次」(超過十次以上)

第47 ～ 49題
事先瀏覽3道提問，聆聽「兩人正在做的事」和「男子的決定」

Questions 47 through 49 refer to the following conversation.

M： Ms. Perez, do you know how many people are planning to come to the exhibition of our spring fashion line? I have to organize the lunch menu and last year I counted one hundred and twenty people.

Part 3

簡短對話

W ： Probably between one and two hundred, this year. Just do a buffet style, instead of a sit-down lunch, and plan for the maximum number. And make sure you have lots of fresh fruit and vegetable choices. You know how the fashion crowd is; not a lot of big eaters.

M ： OK, hey, I know. I'll get that new organic vegetarian restaurant down the street to cater it. I hear they are really good.

47 題至 49 題根據底下的對話作答。

男： 裴瑞茲小姐，妳知道會有多少人來參加我們的春裝展示會嗎？我必須要準備午宴的菜單。我算過去年有一百二十人來參加。

女： 今年可能有一至二百人吧。只要以歐式自助餐取代桌宴，取參加人數的最大值就好了。然後確認會提供大量種類豐富的新鮮蔬果。你知道這類時尚界人士不是大吃大喝之流的人物。

男： 好吧，嗯，我知道了。我會找沿這條街往下走的那家新開的有機素食餐廳包辦午宴。我聽說他們很不錯。

47. 聆聽基本提問「兩位說話者正在做的事」　　　　解答 (B)

解說 從男子一開始的發言 I have to organize the lunch menu「我必須要準備午宴的菜單。」還有女子的 Just do a buffet style「只要以歐式自助餐」，可知要選擇 (B)「正在籌畫一場午宴」。注意，音的 buffet「歐式自助餐」並不容易聽懂。

48. 聆聽「男子擔心出席人數的理由」　　　　解答 (D)

解說 解題提示在男子一開始說的 I have to organize the lunch menu「我必須要準備午宴的菜單」，應該可就此簡單找出答案。請務必了解在新多益測驗中經常會有像 47 題和 48 題這種「某一人的發言」（在這裡是男子）為解題提示的題型。

49. 聆聽「男子的決定為何？」 解答 (B)

解說 男子第二次說的 I'll get that new organic vegetarian restaurant down the street to cater it.「我將會找沿這條街往下走的那家新開的有機素食餐廳包辦午宴。」雖然是很長的句子，但如果有事前瀏覽過問題，應該很容易就找到正確答案。 get ～ to do 是「必須做～」。

傳統的「A－B－A」型對話，即使出題也只有 1～2 題。不過比起舊多益，新多益的特徵是對話時間比較長。上述對話約 36 秒，在新多益中可算是最長的。考生不要太在意長度，首要之務為事先瀏覽 3 道提問。

提問與選項的中譯

47. 兩位說話者在做什麼事？
   (A) 正在拜訪一間餐廳   (B) 正在籌畫一場午宴
   (C) 正在一間歐式自助餐廳用餐   (D) 正在籌畫一場時裝發表會

48. 男子為何關切預估的參加人數？
   (A) 他負責行銷活動。   (B) 他必須預訂夠大的場地。
   (C) 他必須安排足夠每個人坐的椅子。   (D) 他要為每個人安排午餐。

49. 男子決定怎麼做？
   (A) 成為一位素食者。   (B) 找一間（餐廳）包辦這個活動。
   (C) 預定餐廳座位。   (D) 要求參加者自備午餐。

重要詞彙 exhibition「展示會」是 Part 3 的基本字彙 / spring fashion line「春裝秀」 / fashion crowd「時尚人士」 / organic「有機的」 / down the street 是「沿這條街往下走」的意思，而不是「街道變斜坡或下坡」。 down 指「沿著（這條街往下走）」 / they are really good 的 they 是指「有機素食餐廳」。記住在 Part 2, Part 3, Part 4 中的 they 多半指「商店；餐廳；銀行；有交易往來的公司」。

事先瀏覽 3 道提問，聆聽「職業」和「抱怨的理由」

TRACK
60

Questions 50 through 52 refer to the following conversation.

英 M： Ms. Siklos, I was thinking, maybe we should reorganize the store, so all of the sporting goods are near the front window. I think that would help bring more customers in.

美 W： That's an interesting idea, Luo, but that's not really your job. You've a cashier. And that reminds me, your till was off again yesterday, by 47 cents. You've got to be more careful.

英 M： Oh c'mon, who cares about a few pennies? I have a lot of great ideas for how we could really make business boom. How about this? We open a swimwear section, with tanning booths, beach music and sand on the floor.

美 W： Oh dear, have you ever wondered whether you are in the right line of work, Luo? I don't think behind a cash register is the best place for you.

50 題至 52 題根據底下的對話作答。

英 男： 斯克洛斯小姐，我想我們應該重新布置一下這間店，如此一來，所有的運動商品都會靠近正面的展示窗。我認為此舉有助於帶進更多顧客。

美 女： 盧歐，這是一個有趣的點子，但是那真的不是你的工作職責，你是收銀員。這提醒了我一件事，昨天你的收銀機又少了四十七分錢，你應該要更細心些才對。

英 男： 少來了，誰會在意那幾分錢呢？我有許多可以讓我們店生意興隆的好主意。這個如何？我們開闢一個泳裝區，搭個人造日光棚、沙灘音樂、在地板上鋪上細沙。

美 女： 噢，天啊。盧歐，你曾經想過你是否適合現在的職位嗎？我認為站在收銀機後面不是一個最適合你的工作。

50. 聆聽基本提問 「男子的職業」　　　　　　解答 (C)

解說　不只是對話變長，兩人談話的內容也頗有深度。不過，別焦急。愈是難的內容愈要活用瀏覽題目的策略。試著把詢問「職業」的題目想成是最容易回答的。這裡要注意聽男子的職業。女子一開始說的 You're a cashier「你是收銀員」就是一個提示。這句話也可代換成 He operates a cash register「他負責收銀機」，所以 (C) 是正確答案。

51. 聆聽提問主題「女人抱怨的理由」　　　　　解答 (A)

解說　這是很難的問題。解題訊息在女子一開始說的 And that reminds me, your till was off again yesterday「這提醒了我，昨天你的收銀機（till）又少（off）了四十七分錢。」till 和 off 都屬於高階單字。這時要使用消去法。換言之，就是先很快刪去錯誤的選項。本題的 (B) (C) (D) 是比較容易先刪除的選項。難度高的題目建議利用消去法來決勝負。

52. 聆聽「女子對男子所做的結論」　　　　　　解答 (C)

解說　這也是很難的題目。考試時，Part 3 的最後 6 道提問，難度一定會稍高。如果暫時找不到答案，請先塗黑 (C) 或 (D)。那麼，本題的解題提示是什麼呢？就在女子第二句的 have you ever wondered whether you are in the right line of work, Luo?「盧歐，你曾經想過你是否適合現在的職位嗎？」，這是一句反問形式的問句。從這句話可以推論女子認為「男子並不適合現在的工作」。如果使用消去法，可立刻刪去 (A) (D)。至於 (B) 也許會猶豫要不要刪掉。有鑑於新多益測驗中有點難度題目的正確答案多半是 (C) 或 (D)，所以本題就刪去 (B)，選擇 (C) 吧。

這個題組的對話題，不論從質或量來看都是有難度的。對話長約 43 秒，是新多益測驗 Part 3 中最長的題型。這種長度的題目只會出 1 題，所以請放心。比起題目的長度，請將焦點放在利用 8 秒的時間瀏覽 3 道提問，並掌握住聆聽重點。請善加運用這項技巧，且不要忘了適時使用消去法。

提問與選項的中譯

50. 男子的職業為何？
    (A) 他是一位銀行行員。 (B) 他經營一間人造日光浴沙龍。
    (C) 他負責收銀機。 (D) 他是一位運動商品銷售員。

51. 女子抱怨什麼事？
    (A) 男子找零不正確。 (B) 男子工作時音樂放得太大聲。
    (C) 男子上班時穿著不得體。 (D) 男子太頻繁更換櫥窗展示了。

52. 女子對男子下了什麼結論？
    (A) 他以後可能會開店。 (B) 他不是一位有創造力或有想像力的人。
    (C) 他的個性不適合現在的工作。 (D) 他工作經歷還不夠久到可以獨當一面。

重要詞彙 reorganize「重新布置」／ bring ～ in「帶進～」／ cashier「出納員；收銀員」[kæˋʃɪr] ／ that reminds me「這提醒了我」／ by 47 cents「相差四十七分錢」的 by 表示「相差」。／ Oh c'mon = Oh come on「少來了」／ who cares ～ ?「誰會在意～呢？」／ make ～ boom「使興旺」／ tanning booth「人造日光浴棚」／ on the floor「在地板上」／ are in the right line of work「適合現在的工作」／ behind a cash register「站在收銀機後面」是主詞。

Part 4

Short Talks

簡短獨白

新多益測驗 Part 4「簡短獨白」的測驗形式如下：

由旁白者朗讀的題目 ········ 共十個題組，每個題組固定搭配 3 道提問

總題數 ························· 30 題

語音播放 ······················ 美 · 英 · 加 · 澳 · NZ

【注】總題數比舊多益多了 10 題。

答對率達到七成的應考對策如下：

❶ 完整記住「4 種基本題型」

❷ 記住「10 大簡單提問」

❸ 強化「4 種新登場的推論題」的實力

❹ 聽慣 Part 4 的「25 個常考單字與 5 種表達方式」的五國口音。

和 Part 3 的「簡短對話」一樣，Part 4 的「簡短獨白」最重要的也是先瀏覽印在試題本上的提問。而在聆聽語音獨白時，只擷取回答問題所需要的訊息即可。這麼做可以有七成以上的得分。

接著就從認識 Part 4 的常考提問問句，然後牢記「4 種基本題型」開始。

Part 4 的常考提問與出題數

將 Part 4 的 30 道題目依疑問詞分類，可歸納出底下 7 類，題數則如右所示。其中有七成多是以 What 和 Who 開頭的提問。

1. 以 What 開頭的提問 ————————————— 17～21 題

2. 以 Who 開頭的提問 —————————————— 4～5 題

3. 以 When 開頭的提問 ————————————— 1～3 題

4. 以 Where 開頭的提問 ————————————— 1～2 題

5. 以 Why 開頭的提問 —————————————— 1～2 題

6. 以 How 開頭的提問 —————————————— 0～2 題

7. 以 Which 開頭的提問 ————————————— 0～1 題

分析《TOEIC® 新官方題庫》的結果，底下列舉的 4 種提問是「簡短獨白」的基本題型。全部 30 題中有三成是這類題目。

❶ **What is the (main) purpose of this meeting?**

「這場會議的（主要）目的為何？」

【注】在常考題中，又屬這類題目最常見，大概會出 3 ～ 4 題。雖然會有各種的討論主題，如 this tour「這趟旅行」、this announcement「這個公告」、the negotiation「這次的談判」等，但基本形式是一樣的。

語音對策 若是較簡單的問題，其解題提示會在語音一開始播放的句子中。若是難易適中的問題，可在語音播放中段找到提示。有點難度的題目則必須從整段語音去做常識性的推論。

❷ **What does the speaker say about the building?**

「說話者對於這棟建築物有什麼意見？」

【注】這類題目會出 1 ～ 3 題。討論主題各式各樣，如 the paycheck「支付薪資的支票」、the airport security「機場安全」、prices「價格」等，但基本形式是一樣的。

語音對策 若是簡單的問題，其解題提示會在語音一開始播放的句子中，或是在播放中段以簡單英語做評論（comment），或是針對「日期」做說明。若是難易適中的問題，獨白的內容通常論及的是「天氣」或「路況」等日常話題。若是有點難的問題，就必須從整段語音去做常識性的推論。

❸ **What is the message mainly about?**

「這封訊息的主旨為何？」

【注】這類題目會出 1 ～ 2 題。

【語音對策】Part4「簡短獨白」的內容各式各樣，原則上可視為稍難的題目。解題提示多半在語音播放的中段或是後半段，而其特徵是「訊息的說明很長」或「訊息的說明雖不長，但屬偏難的語句」。

❹ Who is the audience for this talk?

「誰是這場演說的聽眾？」

【注】此類題目會出 1～2 題。討論主題不一，如 this speech「這個演講」、the event「活動」或 the training course「訓練課程」等。

【語音對策】把此類題目當成簡單題來看待就好。理由是獨白中會出現多個提示。

基本題型的實戰練習

在專心解題之前，請先確認基本的應考態度，即以 8 秒時間瀏覽試題本上的 3 道提問 → 播放 CD → 用 16 秒時間作答，塗黑 (A)－(D) 中的一個選項，接著瀏覽下一題組的 3 道提問。此外，當獨白者在念事先瀏覽過的提問時，可以略過，快速往下作答。

71. What is the main purpose of this meeting?

(A) Brainstorming
(B) Negotiating
(C) Complaining
(D) Informal training

72. What kind of business does the speaker say she has?

    (A) A barber shop

    (B) A shoe store

    (C) A cake shop

    (D) A men's store

73. Why are the businesses having trouble?

    (A) The population is shrinking.

    (B) Everyone shops online now.

    (C) Most people now shop in the suburbs.

    (D) Rents are increasing faster than they should.

解析

 Questions 71 through 73 refer to the following talk.

美 女聲

> Please come in and find a seat. This is going to be a very informal session. We've all got the same problem. We've been losing customers to the new mall out in Riverdale. Remember, my family has been selling shoes for nearly fifty years, but we're barely hanging on.
>
> Hun told me he is thinking of closing his barbershop. Holly says if she has one more bad year she will close her produce market. The entire downtown business district is in decline. Nobody comes down here anymore. So let's put our heads together and find a way to bring people back downtown to shop.

中譯 ▶ 71 題至 73 題根據底下的簡短獨白作答。

請找位子坐下。這是一個非正式的會議,我們都面臨到相同的問題。我們的顧客紛紛跑到 Riverdale 的新賣場。別忘記,我的家族賣鞋子已經將近五十年了,但現在幾乎快撐不下去了。

杭告訴我他正思索著要不要關掉他的理髮店。荷莉說如果不景氣再持續一年,她將考慮結束她的蔬果賣場。整個市中心商業區的景氣都處於衰退中,顧客不再光顧。所以讓我們集思廣益,找出讓顧客重回商圈的方法。

71. 注意聽基本提問「會議的目的」 解答 (A)

解說 最後一句話 So let's put our heads together and find a way「所以,讓我們集思廣益,找出讓顧客重回商圈的方法」是關鍵提示。用一個字來說,就是 Brainstorming「腦力激盪」。替代說法的選項常常就是正確答案。

72. 注意聽基本提問「職業別」 解答 (B)

解說 和 Part 3「簡短對話」一樣,Part 4 的「簡短獨白」也經常出現詢問「職業、行業」的題目。不過,它們算是簡單的問題。在這裡,獨白前半段的 Remember, my family has been selling shoes「別忘記,我的家族賣鞋子～」是解題提示。

73. 注意聽「為什麼會發生這樣的問題」 解答 (C)

解說 如果能仔細聽問題,應可找到答案。從前半段的 We've been losing customers to the new mall out in Riverdale.「我們的顧客紛紛跑到 Riverdale 的新賣場。」還有後半段的 Nobody comes down here anymore.「顧客不再光顧。」這兩句可導引出結論 (C)「現在多數人都到郊區購物」。雖然獨白中未具體提到「郊區」,但很明顯地 (A)(B)(D) 是錯的,可刪除。

71. 這個會議的主要目的為何?

    (A) 腦力激盪　　　(B) 談判　　　　(C) 抱怨　　　　(D) 非正式的訓練

72. 這位說話的女士經營何種事業?

    (A) 理髮店　　　　(B) 鞋店　　　　(C) 蛋糕店　　　(D) 男士用品店

73. 為何市中心的商業區會面臨麻煩?

    (A) 人口正在減少。　　　　　　　　(B) 大家都上網購物。

    (C) 現在多數人都到郊區購物。　　　　(D) 租金飆漲太快。

重要詞彙 informal session「非正式會議」/ lose A to B「A 被 B 奪走」/ 要注意 out in Riverdale「出現在 Riverdale」中副詞 out 的語感。/ barely「勉強地」/ are hanging on「支撐;堅持不放棄」是慣用語。/ produce「蔬果」/ entire「整個」/ is in decline「衰退中」是慣用語。/ put our heads together「集思廣益;一起討論」也是慣用語。

這一個題組的獨白長約 38 秒，以新多益測驗標準來看，算是短的題目。針對獨白提出的 3 道提問，包含了底下 4 個要點。

❶ the businesses 的意義

businesses 在這裡是指「（熱鬧的）商業區」。原意是「商店；公司；銀行」等以營利為目的的「事業體」。至於會是哪一個意思，只能從上下文意來判斷。此外，business 前面加 the ，如 the business in Moscow「莫斯科整體的生意」，就有「整體的～」的語氣，指整個區域、城市或鄉鎮。

❷ 獨白中的 Remember, ～包含解題提示

語音獨白出現 Remember, ～「別忘記～；請記住～」，預料將成為新多益測驗的基本題型，如前面的第 72 題。也就是說，如果語音獨白中有 Remember, all the doors have to be locked.「記住，所有的門都必須鎖上」，則解題提示就是 all the doors have to be locked「所有的門都必須鎖上」。

❸ 注意提問的順序，而不是語音內容的順序

本題組若按獨白內容的前後順序來排列 3 道提問，會變成 72 題→73 題→ 71 題。 Part 4 中像這樣不按獨白內容的前後順序出題的題目，每次會有 1 ～ 2 題。

❹ 從獨白的兩個說明來決定正確答案

如第 73 題這種綜合兩個內容來得出結論的問題，在新多益測驗中每次會固定出 2 ～ 3 題。

Part 4

簡短獨白

將印在試題本上的「簡單提問」背起來，可確實提高得分。這些「簡單提問」共有 7 大類。如果能事先背下它們，事後只需花兩秒時間檢視這些問題，並等著聽獨白就可從容解題。

▶ **職業、頭銜、職務**

❶ **Who is Jun Ebias?**
「誰是俊・亞比亞斯？」

❷ **What is Ms. Margalit Fox's position?**
「瑪格麗特・福克斯小姐的職務為何？」

▶ **場所**

❸ **Where is Fruit Paradise currently located?**
「天堂水果店現在位於何處？」

▶ **天氣**

❹ **What does the speaker say about the weather in Manila?**
「說話者對於馬尼拉的天氣有什麼看法？」

▶ **日期**

❺ **Why does the speaker mention February 1?**
「為什麼說話者提到二月一日？」

▶ **實施的日期、時間**

❻ **When will the result be known?**
「這個結果何時會知道？」

▶ **談話的對象**

❼ **Who is the speaker probably addressing?**
「說話者可能是在對誰說話？」

上面列舉的是 Part 4 新登場的「7 大簡單提問」。請注意，在 Part 4 全部 30 道題目中，「簡單提問」占了 8 ～ 12 題。換個易懂的說法，如果能好好將這 7 類基本的題型背起來，即使獨白長一點、難一點，至少還能對答四成的題目。鞏固 Part 4 得分的第一步就是別忘了在腦海中設一個「簡單提問」的記憶庫。

接著是「簡單提問」的實戰練習。

簡單提問的實戰練習

確認好基本應考技巧之後，再來是專心作答。以 8 秒瀏覽試題本上的 3 道提問 → 聆聽 CD → 以 16 秒回答 3 題，塗黑 (A)－(D) 的一個選項，接著瀏覽下一題組的 3 道提問。聽獨白時，可略過念題目的部分，快速往下作答。

74. Who is the intended audience for this talk?

    (A) Automobile mechanics

    (B) Taxi drivers

    (C) Restaurant managers

    (D) Laundry machine suppliers

75. Which of these is NOT a feature of the K2000?

    (A) 50-quart canister

    (B) 16 different speeds

    (C) 4-inch pressure gauge

    (D) 3.5 horsepower motor

76. How long is the warranty on the machine?

    (A) Two years

    (B) Three years

    (C) Four years

    (D) Five years

解析

TRACK 62 Questions 74 through 76 refer to the following advertisement.

🇺🇸 女聲

> If you'll come this way please, we'll begin the demonstration. What you see here is the new K2000 Industrial Food Processor. This unit has a stainless steel canister that holds up to 50 quarts. Its three and a half-horsepower motor gives it the power to handle even the toughest kitchen jobs. It'll even mash potatoes.
>
> It has sixteen different speeds and eight special attachments that allow you to do just about anything a chef might need. It comes apart for easy washing and has a five-year warranty for parts and labor. This unit retails for $10,990.

中譯 ▶ 74 題至 76 題根據底下的廣告作答。

請聚集到這邊來，我們的展示會即將開始。您現在看到的是我們的新款產品「K2000 工業用食物調理機」。它附有一個可容納 50 夸脫的不鏽鋼容器。3.5 馬力的馬達讓這台機器可以處理最繁重的食材準備，甚至可以壓碎馬鈴薯。

這台食物調理機有 16 段變速，並附 8 種可替換的零件配備，能夠滿足主廚在食物處理上的任何需要。另外，調理機的零件不但可輕易拆下及清洗，零件和馬達還有五年保固期。本產品的零售價是一萬零九百九十美元。

74. 從基本提問意識到要聽取「談話對象」　　　解答 (C)

解說 解題訊息在語音前半段的 Industrial Food Processor「工業用食物調理機」。藉由此一關鍵字來做常識判斷，可知會對這種「工業用食物調理機」感興趣的是 (C) 餐廳負責人。

75. 從提問中的「NOT」檢視獨白所提及的「事實」　　　解答 (C)

解說 含 NOT 的問題常帶點難度。由於要從只播放一次的獨白中聽出一個與事實不符的選項，必須要先累積一些資訊。如果能練習將聲音轉化為「影像畫面」，可以保留住必要訊息。在此，要刪除的是獨白中未提及的 (C) 4 吋大小的壓力計。

76. 從提問意識到要聆聽「保固期」　　　解答 (D)

解說 請記住，How long ～?「～多久？」開頭的問句也是簡單的題目。本題的解題線索在獨白後半段的 It ～ and has a five-year warranty「它～且有五年的保固期」。warranty「保固期」是經常會考的重要單字。

74. 誰是這場說明會的聽眾？

    (A) 汽車維修工　　　(B) 計程車司機　　　(C) 餐廳經理　　　(D) 洗衣機供應商

75. 下列哪一項不是 K2000 的特色？

    (A) 50 夸脫的加蓋容器　　　　　　(B) 16 段變速

    (C) 4 吋大小的壓力計　　　　　　(D) 3.5 馬力的馬達

76. 此調理器的保固期是多久？

    (A) 2 年　　　　　(B) 3 年　　　　　(C) 4 年　　　　　(D) 5 年

重要詞彙 If you'll come this way please,～「請大家聚到這邊來，～」是「產品展示」等場合的常用語。這段獨白可以想成是在「展場」上進行產品解說，或是「招待相關業者的新產品發表會」／ This unit「這組產品」指「食物調理機」／ canister「容器」指家中可用來盛裝食材、蔬菜、水果的圓筒狀、透明塑膠容器／ quart「夸脫」（美制的 1 夸脫為 1.1 公升，英制為 1.14 公升）／ attachments「附屬品；附件」／注意 about anything (that) a chef might need 省略了 that。／ comes apart「拆解；拆下」／ labor「馬達的運作」／ retails for「零售價為～」是動詞用法。

應考指南

此題組的獨白長約 39 秒，屬於短的題目。從提問內容來看，有以下兩點可作為應考對策記下來：

❶ 簡單提問通常放在最後

在 Part 4 中，3 道提問中最簡單的會放在最後面。從分析結果來看，全部十個題組中有四大題是這樣配置的。讀者可以拿之前的「7 大簡單提問」及有兩個較短的選項作為簡單題目的判斷標準。

❷ 含 NOT 的提問通常有點難度

《TOEIC® 新官方題庫》中，Part 4 尚未出現過包含 NOT 的出題，但是在新多益考試實施一年後，預估包含 NOT 的題目每次大概會出 1～2 題，所以要隨時做好準備。站在出題者的角度，含 NOT 的題目不但好出，也容易測出考生的程度。「將訊息影像化」是這類題目的應考策略。以此題為例，轉化為影像的程序如下：

▶ 將「龐大的工業用食物調理機」轉化為影像

⬇

▶ 在圓筒狀的不鏽鋼容器正中央寫上「50」

⬇

▶ 在馬達上以粉紅色註明「3.5 馬力」

⬇

▶ 在馬達上加註「16 變速、16 變速」的聲效

⬇

▶ 圓筒狀的不鏽鋼容器上有 8 個小的不鏽鋼容器在跳舞

4 種新登場的推論題

在新多益測驗的 Part 4 中，以下 4 種提問被當成推論題。

❶ **What will happen next?**
「接下來將會發生什麼事？」

❷ **What tourist spot will be visited last?**
「哪一個觀光景點將是最後一個參觀的？」

❸ **What does the speaker suggest?**
「說話者建議了什麼？」

❹ **What is implied about the event?**
「此一事件暗示了什麼？」

這類推論題會出 2 ～ 4 題。

▶ ❶ 的關鍵字是 next，應注意聽語音播放中關於「之後所發生的事」、「接下來要做的事」的訊息。

▶ ❷ 的關鍵字是 last，應注意聽語音播放中關於「最後所發生的事」、「最後做的事」的訊息。

▶ ❸ 的關鍵字是 suggest，應注意聽語音播放中關於「建議」、「想說的事」的訊息。

▶ ❹ 的關鍵字是 implied，注意聽「未直接說出來的間接訊息」，並「做出常識性判斷」。

提問中包含 next 與 last 的算是全新題型。另外，含 suggest 和 implied 的題目則可以說是舊多益的推論題再加上一點難度。

那麼，請試著透過底下兩個題組的練習來體驗這類題目。

推論題的實戰練習

77. What is the staff preparing for?

    (A) The opening of a store
    (B) The closing of a business
    (C) The beginning of vacation
    (D) The remodeling of an office

78. When will the big event happen?

    (A) In half an hour
    (B) In an hour
    (C) In an hour and a half
    (D) In two hours

79. What will happen next?

    (A) A break
    (B) An evaluation
    (C) An inspection
    (D) An explanation

Part 4 簡短獨白

80. Where would you probably hear this announcement?

    (A) A restaurant
    (B) A cattle ranch
    (C) A supermarket
    (D) A convenience store

    Ⓐ Ⓑ Ⓒ Ⓓ

81. How long will the sale last?

    (A) Ten minutes
    (B) Thirty minutes
    (C) Sixty minutes
    (D) Ninety minutes

    Ⓐ Ⓑ Ⓒ Ⓓ

82. How does the speaker suggest using the product?

    (A) At a barbecue
    (B) For a quick lunch
    (C) With eggs and toast
    (D) In a children's lunchbox

    Ⓐ Ⓑ Ⓒ Ⓓ

解析

Questions 77 through 79 refer to the following talk.

澳 女聲

> Everybody, we've got only one hour until we open the doors for the first time. We need everything to be ready when the first customers come in. We've already got a big crowd gathering out front. Anand, check the signs and displays and make sure they look good. Netty, put those boxes away. Miriam, check that the registers are working correctly. I'll be back in ten minutes to inspect everything, so work quickly.

中譯 ▶ 77 題至 79 題根據底下的說明作答。

各位，離本店開張的時間只剩下一小時了。當第一位客人進門時，我要每個人都準備就緒。店門口已有大批顧客聚集。阿奈德，檢查所有標誌及展示品，並確認它們都是完好的。奈弟，把那些箱子收起來。米瑞安，確認一下收銀機是否正常運作。我十分鐘後回來驗收，所以動作快一點。

77. 從提問知道要聆聽「員工正為何事做準備」　　　　解答 (A)

解說 解題訊息在一開始的 Everybody, we've got only one hour until we open the doors for the first time.「各位，離本店開張的時間只剩一小時了。」open the doors for the first time 是「新開張」的意思。

78. 從提問知道要聆聽「大型活動將何時開始？」　　　　解答 (B)

解說 以（When）「期間、時間」開頭的問題是簡單題。不過，要注意 event「活動」在新多益測驗中會出現在有關「新開張；車展；展示會；演講；演唱會」等各種場景中。關鍵提示在一開始的 we've got only one hour「只剩一小時了」。

79. 從包含 next 的提問研判要聆聽語音播放的最後訊息　　解答 (C)

解說 一看到新登場的題型 What will happen next? 就要注意聽「語音播放的最後關鍵訊息句」。在這裡，是根據 I'll be back in ten minutes to inspect everything「我十分鐘後回來驗收」判斷「接下來會發生的事」是 (C) 檢查。

提問與選項的中譯

77. 員工們正在為何事做準備？
   (A)（商店）開幕　　(B) 結束營業　　(C) 開始度假　　(D) 辦公室重新改裝

78. 這個大型活動將於何時開始？
   (A) 半小時內　　(B) 一小時內　　(C) 一個半小時內　　(D) 二小時內

79. 接下來會發生什麼事？
   (A) 中場休息　　(B) 評估　　(C) 檢查　　(D) 解釋

重要詞彙 got a big crowd gathering「已聚集大批顧客」/ out front「（店）門外」/ make sure (that) S + V「確認～」/ put ～ away「整理～；收拾～」

 Questions 80 through 82 refer to the following announcement.

加 男聲

> Attention shoppers. For the next half an hour, we're having a special surprise sale in our meat department. Mortenson's all-natural beef sausages are just half the usual price. These plump, delicious sausages are perfect for a barbecue. And in our produce department and bakery, you'll find everything to throw the perfect, backyard summer party. Buy some Mortenson's sausages for your family today.

中譯 ▶ 80 題至 82 題根據底下的廣播作答。

各位顧客，請注意。接下來的半小時內，我們的肉品區將舉行特賣。「摩天森」的全天然牛肉香腸只要平時一半的價格。這些多肉的可口香腸最適合燒烤。在我們的蔬果區及麵包區，你將會發現各種最適合拿來舉辦夏日庭園派對的食材。今天就請為你的家人採購一些「摩天森」的香腸吧。

80. 判斷「何處最可能會聽到這則廣播」 解答 (C)

解說 從 shoppers「顧客們」/ meat department「肉品區」/ all-natural beef sausages「全天然牛肉香腸」/ produce department「蔬果區」/ bakery「麵包區」這些單字，可輕鬆將答案鎖定 (C) 超市。

81. 從提問知道要聆聽「特價時間、期間」 解答 (B)

解說 如果能事先瀏覽提問，掌握重點來聆聽語音播放，就可以簡單找出正確答案。解題提示是 For the next half an hour「接下來的半小時內」，也就是 (B) Thirty minutes。另外，注意不要把提問中的 last「持續」與新登場的 last「最後」題型混淆了。

82. 從提問的 suggest 知道要聽取對商品使用上的「建議」 解答 (A)

解說 你或許不確定提問中的 the product「商品；製品」是指牛肉香腸，還是蔬果或麵包。當有這樣的疑問時，一定要採用消去法來作答。由於 (B)(C)(D) 都未出現在語音播放中，所以可以很有把握地刪去。此外，這裡所說的「商品」是指在語音播放中出現兩次的「牛肉香腸」。

80. 你可能會在何處聽到這則廣播呢？

    (A) 餐廳   (B) 牧場   (C) 超市   (D) 便利商店

81. 這項特賣會持續多久？

    (A) 十分鐘   (B) 三十分鐘   (C) 六十分鐘   (D) 九十分鐘

82. 說話者建議如何使用此項商品？

    (A) 烤肉時使用   (B) 當做簡便午餐

    (C) 搭配雞蛋及麵包   (D) 放進孩子的飯盒裡

重要詞彙 the next half an hour「接下來的半小時內」的 next 語感很重要。／ department「區；部門」／ plump「多肉的」／ barbecue「烤肉」，美式說法為 barbeque 或 Bar-B-Q。此外，不論是英式或美式都經常略稱為 BBQ。

應考指南

從這兩個題組的提問來看，有以下兩點應記下作為應考策略：

❶ 提問中有 probably 時，語音播放不會出現直接的資訊

在提問中看到 probably 或 most likely 等字眼時，可判斷語音播放不會出現直接的資訊，而要利用間接資訊去推出正確答案。這種題目每次都會出 1 題。

❷ 注意提問中的「廣義字」

一個單字會有幾種不同的意思，通常只能從上下文意判斷其義。這裡先請讀者確認下面 6 個單字的用法。

- **speaker「說話者；演講者」**

  「演講者、主廚、領獎人、社長、市長、退休者」等各式各樣的人都會成為新多益測驗的 speaker。

- **program「節目；課程」**

  有「廣播節目、電視節目、研習會預定表、活動內容」等各式各樣的 program。

- **message「訊息」**

  有「留言、語音信箱、傳達事項、公函或商業書信、聲明書」等各式各樣的 message。

- **audience「聽眾」**

  有「職員、觀眾、仲介業者、一般市民、集會群眾、視聽者」等各式各樣的 audience。

- **service「服務」**

  有「修補作業、區域擴大、抱怨受理、維修檢查、內容說明、售後服務」等各式各樣的 service。

- event「活動」

  有「遊行、新店開張、商品展、就業說明會、演唱會」等各式各樣的 event。

看到提問中有這些常見的單字，就要靈活地從語音播放中去思考它的意思。

4-4 「25 個常考單字與 5 種表達方式」的聽力特訓

底下整理出過去三年期間頻繁出現在 Part 4 的「25 個單字」與「5 種表達方式」，請一邊聽 CD，一邊反覆聆聽 → 聆聽 → 模仿跟讀的練習。

TRACK 65

1 「25 個常考單字」的聽力訓練

（編注：雖是五國人士的英語口音，但仍標出 KK 音標供讀者參考，請讀者在聆聽時要特別留意各單字發音上的差異。）

❶ **business tie-up** [ˋbɪznɪs ˏtaɪ ˌʌp] ── 英 / 美 ── (n) 業務合作

❷ **award** [əˋwɔrd] ── 澳 / 加 ── (n) 獎賞

❸ **inconvenience** [ɪnkənˋvinjəns] ── NZ / 美 ── (n) 不便

❹ **founder** [ˋfaʊndə] ── 英 / 加 ── (n) 創立者

❺ **anniversary** [ˌænəˋvɝsərɪ] ── 澳 / 美 ── (n) 紀念日

❻ **utilities** [juˋtɪlətɪz] ── NZ / 加 ── (n) 公用事業

❼ auditorium [ˌɔdə`tɔrɪəm] ── 英 美 (n) 禮堂；會堂；演講廳

❽ antique [æn`tik] ── 澳 (n) 骨董店；
加 (adj) 骨董的；古老的

❾ maintenance [`mentənəns] ── NZ 美 (n) 維修；贍養費

❿ archaeologist [ˌɑrkɪ`ɑlədʒɪst] ── 英 加 (n) 考古學家

⓫ handout [`hænd͵aut] ── 澳 美 (n) 印刷品；傳單

⓬ renovation [ˌrɛnə`veʃən] ── NZ 加 (n) 整修

TRACK 66 **⓭ banquet** [`bæŋkwɪt] ── 英 美 (n) 宴會

⓮ assignment [ə`saɪnmənt] ── 澳 加 (n) 任務

⓯ survey [sə`ve] ── NZ 美 (n) 調查

⓰ manufacturer [ˌmænjə`fæktʃərə] ── 英 加 (n) 製造商

⑰ **apology** [ə`pɑlədʒɪ] ────────── 澳 / 美 (n) 道歉

⑱ **orientation** [ˌɔrɪɛn`teʃ n] ────────── NZ / 加 (n) 定位；說明會

⑲ **handicraft** [`hændɪˌkræft] ────────── 英 / 美 (n) 手工藝品；手藝

⑳ **glassblowing** [`glæsˌbloɪŋ] ────────── 澳 / 加 (n) 吹玻璃製法

㉑ **billing** [`bɪlɪŋ] ────────── NZ / 美 (n) 請款

㉒ **nutrition** [njuˋtrɪʃ ən] ────────── 英 / 加 (n) 營養

㉓ **incoming call** [`ɪnˌkʌmɪŋ kɔl] ────────── 澳 / 美 (n) 來電

㉔ **gratitude** [`grætəˌtjud] ────────── NZ / 加 (n) 感激之情

㉕ **training coordinator** [`trenɪŋ koˌɔrdn̩etɚ] ── 英 / 美 (n) 訓練師

Part 4 簡短獨白

2 「5種表達方式」的聽力訓練

這個訓練是要讓讀者的耳朵能習慣常出現在 Part 4 中、有點難度的英語表達方式。以下的 5 個短句是依 美→英→澳→加→紐 的順序朗讀，請反覆聆聽以習慣五國的口音。

❶ We no longer have the vacancies we thought we had.
「我們本以為有空位，但事實上已沒有了。」

❷ Make sure the copy machine is unplugged before you try to move it.
「你在搬動這部影印機之前，請確認你已拔掉插頭。」

❸ This machine comes with a digital display and is available at a bargain price.
「這台機器裝載數位螢幕，可用優惠價格購買。」

❹ The opening ceremony for the new bridge will be held on the anniversary of the founding of the town.
「這座新橋的開通儀式將在小鎮的創立紀念日舉行。」

❺ Unless your application documents are modified to fit our procedure, you'll not be certified as a computer technician.
「除非你申請的文件修正到符合我們的流程，否則無法認定你的電腦技術師資格。」

前面已經完成七成對應 Part 4「簡短獨白」的必要基礎訓練。最後進行附有「作答說明」（Directions）的三個題組 9 道提問模擬試題。和實際的新多益測驗一樣，從一道問題到下一道問題之間有 8 秒鐘的停頓。請讀者利用這 8 秒塗黑 (A)—(D) 中的正確選項。

PART 4

Directions: You will hear some talks given by a single speaker. You will be asked to answer three questions about what the speaker says in each talk. Select the best response to each question and mark the letter (A), (B), (C) or (D) on your answer sheet. The talks will not be printed in your test book and will be spoken only one time.

71. Who is the intended audience for this presentation?

(A) Indian customers
(B) Corporate executives
(C) University professors
(D) Minimum wage workers

72. What will the audience do next?

(A) Watch a video
(B) Negotiate a price
(C) Check survey results
(D) Make a telephone call

73. What is the purpose of this presentation?

(A) To sell a service
(B) To discuss a dispute
(C) To warn of a problem
(D) To solve a labor shortage

Ⓐ Ⓑ Ⓒ Ⓓ

TRACK 71 74. What is the main point of this announcement?

(A) A new company president
(B) An entry into a new market
(C) A complete corporate collapse
(D) An especially interesting product

Ⓐ Ⓑ Ⓒ Ⓓ

75. Why did the company almost go bankrupt?

(A) They didn't expand fast enough.
(B) They borrowed too much money.
(C) They failed to improve their products.
(D) They didn't adapt to the American market.

Ⓐ Ⓑ Ⓒ Ⓓ

76. What does the President believe about Europeans?

(A) They care more about taste than nationality.
(B) They often borrow from banks in business.
(C) They have learned from their financial problems.
(D) They prefer local partnerships to independent ownership.

Ⓐ Ⓑ Ⓒ Ⓓ

---

77. What is the purpose of this announcement?

(A) To produce an extra unit

(B) To discipline an employee

(C) To organize a new division

(D) To introduce a new executive

Ⓐ Ⓑ Ⓒ Ⓓ

78. What does the speaker say about Kip Jensen?

(A) He is nearing retirement age.

(B) He is graduating from college.

(C) He is good at managing workers.

(D) He was recruited from another company.

Ⓐ Ⓑ Ⓒ Ⓓ

79. What will happen last?

(A) Broken records

(B) Sweeping the floor

(C) Questions and answers

(D) Product announcements

Ⓐ Ⓑ Ⓒ Ⓓ

Part 4

簡短獨白

▌作答說明中譯▐

PART 4

說明：你將聽到一段語音獨白，且被要求回答與這段獨白有關的 3 道提問。選出最適合的答案，然後塗黑答案紙上 (A) (B) (C) (D) 中的一個正確選項。這些獨白不會印在試題本上，而且只會播放一次。

模擬測驗的答案＆解說

【解答】71. (B)　　72. (D)　　73. (A)　　74. (B)　　75. (B)　　76. (A)

77. (D)　　78. (C)　　79. (C)

第 71 ～ 73 題

事先瀏覽 3 道提問 → 記下問題點 → 等待語音播放

TRACK 70

Questions 71 through 73 refer to the following talk.

英 男聲

Everyone talks about improving customer service, but how many services can actually help you do that? Well, the Bangalore Telecenter can.

You will not only save eighty percent on your labor costs by moving your telephone service center overseas, but we guarantee an improvement in your customer satisfaction numbers.

Face it, if you're paying minimum wage here, you're not going to get top quality people. In Bangalore, we've got hundreds of university educated employees with excellent English skills who would love to work for you, at a fraction of that amount. I've arranged for you to call one of our other Bangalore phone banks, in just a moment, so you can see for yourself how good our staff is.

Imagine, fewer customer service problems than you have now at twenty percent of what you're currently paying. How can you turn down an offer like that?

中譯 ▶ 71 題至 73 題根據底下的說明作答。

大家都在談論改善客服，但究竟要做到什麼程度的服務才能達到實質的改善呢？「邦加羅爾電話服務中心」能幫您辦到。

將您的電話服務中心移至海外，您將不只省下百分之八十的人力成本，我們並保證改善您的顧客滿意度。

面對現實，如果您仍在支付最低薪資，您無法雇用到最高水準的人才。在邦加羅爾，我們擁有數百位具良好英語能力、樂於為您工作的大學學歷員工，而薪資只是你現在付出的一小部分而已。我已為您安排稍後打給我們在邦加羅爾的任何一所電話客服中心，您可以親自體驗我們的員工有多麼的優秀。

試著想像一下，只要支付目前百分之二十的人事成本就能減少客服問題，您能拒絕這麼好的交易嗎？

71. 從基本提問知道要 鎖定「聽眾」　　　　　　　解答 (B)

解說 從語音播放中的 save eighty percent on your labor costs by moving your telephone service center overseas「將您的電話服務中心移至海外，您將省下百分之八十的人事成本」，at a fraction of that amount「薪資的一小部分」，fewer customer service problems「較少的客服問題」等可判斷這段話是針對 (B)「公司老闆們」說的。如果沒自信可以採用消去法，刪去 (A) (C) (D)。

72. 從提問中的 next 得知要聽取「接下來要做的事」　　解答 (D)

解說 事先就要注意 next 題型的解題提示通常在語音播放的後半段或最後。本題聽到後半段的 I've arranged for you to call one of our other Bangalore phone banks「我已為您安排稍後打給我們在邦加羅爾的任何一所電話客服中心」就會知道這句是關鍵。

解說　本題必須從說話者的整體發言來進行常識判斷。這是有點難度的問題。別忘了面對這類稍難、易混淆的問題，要採取消去法，才不會耗太多力氣去找答案。「挑出錯誤選項」會比「尋找正解」還輕鬆容易。本題可刪去說話者在談話中沒提到的 (B) (C) (D)。

提問與選項的中譯

71. 誰是這場說明會的目標聽眾？

　　(A) 印度的顧客們　　(B) 公司老闆們　　(C) 大學教授們　　(D) 最低薪資的勞工們

72. 這些聽眾接下來將會做什麼事？

　　(A) 看一支錄影帶　　(B) 議價　　(C) 檢視調查結果　　(D) 打一通電話

73. 這場說明會的目的為何？

　　(A) 推銷服務　　　　　　　　　　(B) 討論歧見

　　(C) (對即將發生的問題) 提出警告　　(D) 解決勞力短缺

重要詞彙　not only A but we (also) guarantee「不僅是 A，我們也保證～」中的 also 經常省略。/ labor costs「人事成本」/ overseas「海外」/ an improvement「改善」/ ～ numbers「～的數字」/ Face it「面對現實」是固定說法 / at a fraction of ～「～ 的一小部分」/ phone banks 的 banks 並不是「銀行」，而是指「集團企業」。/ see for yourself how S + V「你可以親自體驗 S 有多麼～」/ 聽習慣 Imagine, ～「請想像一下，～」中 Imagine 的語氣。/ what you're currently paying「目前支付的（薪水）」是名詞子句。/ turn down ～「拒絕～」

這個題組的語音獨白長約 48 秒，比較新多益測驗 Part 4 的標準，屬於偏長的內容。底下列出《TOEIC® 新官方題庫》的英文語音長度，以供參考。

- 最短 . . . . 30秒（1題）
- 平均 . . . . 45秒（3～5題）
- 稍長 . . . . 55秒（3～4題）
- 最長 . . . . 68秒（2題）

第 74～76 題
事先瀏覽 3 道提問→ 實際感受等待語音播放的重要性

TRACK 71

Questions 74 through 76 refer to the following news.

澳 女聲

In business news, two years after almost going out of business, Jerry's Coffee has announced plans to expand into the European market. Debt from its rapid national expansion nearly caused the company to collapse back then.

Now it has grown from a small San Francisco-based operation to one of the largest gourmet coffee retailers in the American market. Morgan Stines, President of Jerry's Coffee, says they learned from their past financial troubles.

The European expansion will take advantage of local partnerships rather than borrowing from the bank. Local partners will also help Jerry's to adapt to the local market.

Many question whether Europeans will buy their espresso from an American company, but Stines says he is certain that European consumers will be more concerned with the quality of the coffee than who is selling it.

中譯 ▶ 74 題至 76 題根據底下的新聞作答。

商業新聞。傑瑞咖啡在歷經幾近破產的兩年後，宣布了進軍歐洲市場的計畫。它當時在國內擴張過速導致債台高築，讓這家公司瀕臨破產。

現在它已由一家在舊金山發跡的小公司，擴展成為美洲市場最大的餐飲咖啡供應商之一。傑瑞咖啡的總裁摩根・史坦斯表示，他們從過去的財務問題上學到了許多教訓。

傑瑞咖啡的歐洲擴展計畫將選擇與當地企業攜手合作，而非向銀行借貸資金。這些合作夥伴也會協助傑瑞咖啡融入當地市場。

許多人質疑歐洲人是否會購買他們這種來自美國的濃縮咖啡，但是史坦斯非常有信心地指出，歐洲的消費者將會更關心咖啡的品質而不是誰在賣它。

74. 聆聽基本提問「談話的主題」 解答 (B)

解說 這題稍難。事先瀏覽提問後，可知聆聽語音時要注意「談話的主題是什麼？」。從 Jerry's Coffee has announced plans to expand into the European market.「傑瑞咖啡宣布了進軍歐洲市場的計畫」，The European expansion「歐洲擴展計畫」，take advantage of local partnerships「選擇與當地企業攜手合作」等內容推知，(B)「進軍新市場」是正確答案。特別是上面畫有底線的部分都是關鍵提示。若使用消去法，可簡單地刪去 (A) (D)，但 (C) 可能會稍有遲疑。

語音內容提供了兩個刪除 (C) 的提示。一個是 almost going out of business「幾乎破產」；另一個是 nearly caused the company to collapse「讓這家公司瀕臨破產」。如果有仔細聽任一選項中的副詞，就知道要將包含副詞 complete「完全地」的 (C) 刪掉。

75. 聆聽提問的「幾乎快要破產的理由」　　　　　　　解答 (B)

解說 新聞前半段的 Debt from its rapid national expansion nearly caused the company to collapse「在國內擴張過速導致債台高築，讓這家公司瀕臨破產」是關鍵提示，由此推知要選 (B)。新聞中的 Debt「負債」可替換成 (B) 的 They borrowed too much money.「他們（以前）借了太多錢」。

76. 聆聽提問的「總裁對歐洲人的見解」　　　　　　　解答 (A)

解說 從提問中的 the President believe 可知要注意聽「總裁的發言」。語音最後的 he is certain that European consumers will be more concerned with the quality of the coffee than who is selling it「他確信歐洲的消費者將更關心咖啡的品質而不是誰在賣它」是關鍵提示，而 (A) 的「與國籍相比，他們更關心口味」是將此句簡化後的說法，為正確答案。

> 這個題組的語音約 52 秒，長度稍長，難度也稍高，且需聽懂澳式口音。澳式口音的 coffee, caused, gourmet, advantage, espresso 很明顯地與美、加不同。請多聽幾次澳、NZ 的口音，慢慢習慣。

提問與選項的中譯

74.這項布達的主要重點為何？

(A) 一位新的公司總裁　　　　　　(B) 進軍新市場

(C) 一家公司破產　　　　　　　　(D) 一個特別有趣的產品

75. 為什麼這家公司幾乎破產？

(A) 他們擴張不夠快。　　　　　　(B) 他們借了太多錢。

(C) 他們未從事產品改良。　　　　(D) 他們無法適應美國市場。

76. 這位總裁對歐洲人抱持什麼信心？

(A) 與國籍相比，他們更關心口味。　(B) 他們做生意時常常向銀行借錢。

(C) 他們已從過去財務問題學到教訓。　(D) 他們偏好合夥關係而非獨立經營。

重要詞彙 go out of business「破產」/ expand into ～「擴大進軍～」/ caused ～ to do「導致去做某事」/ back then「當時」/ has grown from A to B「從 A 成長為 B」/ past financial troubles「過去財務上的各種教訓」/ take advantage of ～「利用～」，在這裡也有「訴諸～手段」的意思。/ local「當地的」，在這裡是指「歐洲」。/ adapt to ～「適應～」/ 注意 Many (people) 省略了 people。/ question whether S ＋ V「質疑是否～」/ be concerned with ～「關心～」

▶ 與正確答案有關的 nearly 與 almost

在有點難度的題目中，nearly 與 almost 是經常與正確答案緊密關聯的副詞。nearly, almost 都有「幾乎～；快要～」的意思，但在新多益測驗中，更重要的是指「尚未實現的這個結論」。

The project is nearly finished.
= The project is almost finished.
「企畫快要完成。」

聽到這樣的句子，就可以了解「企畫尚未完成」的結論是關鍵。同樣地，The company almost went bankrupt.「公司幾乎破產」，結論其實是「還沒有破產」。

▶ 替換說法 ＝ 正確答案的規則

請記住，在新多益測驗中替換說法往往就是正確答案。不過，從分析結果顯示，在 Part 4「簡短獨白」中，替換說法為正解的題目有減少的傾向。

Questions 77 through 79 refer to the following talk.

美 女聲

I'd like you all to meet our new head of production, Kip Jensen. Kip has been with us for nearly 15 years. He started as a summer worker, back when he was still in college. He told me his first job, back then, was sweeping the factory floor.

Since then, he has risen to become the youngest line manager we have ever had, then the youngest division manager. In every job he has had here, he has shown himself to be an excellent manager. His division has broken records for productivity and efficiency.

We're sure he will bring that same energy and attitude to the entire production unit. He's got a lot of ideas about how we can modernize our entire system. We have some other announcements about new products we'd like to make, but at the end of the press conference, we'll take some time for Kip to answer questions from you in the media.

中譯 ▶ 77 題至 79 題根據底下的說明作答。

我要向各位介紹我們新的生產部主管吉普・詹生。吉普已經和我們共事將近十五年了。這可回溯至他就讀大學期間在我們公司暑期工讀開始。他告訴我,他當時的第一份工作是在工廠掃地。

之後,他晉升為我們公司有史以來生產線最年輕的經理,然後是最年輕的部門經理。他在每個工作崗位上,都傾盡全力證明他是一位優秀的經理。他所負責的部門一再改寫產能及效率上的紀錄。

Part 4 簡短獨白

我們相信他將本著同樣的精力與態度帶領整個生產部門。他已經有了許多如何將我們整個系統現代化的好點子。我們還有一些關於新產品的消息要發表，但是在記者會的尾聲，我們將留一些時間給吉普來回答各位媒體先進的提問。

77. 聽取基本提問的「布達的目的」　　　　　　　　解答 (D)

解說 本題不只要在播放語音前就注意到「布達的目的」，還必須將「場面、狀況」影像化。幸運的是，解題提示就在一開始的 I'd like you all to meet our new head of production「我要向各位介紹我們新的生產部主管」，但 meet「初次見面；介紹」才是決定性的單字。

78. 聽取基本提問的「說話者對某人有何評論」　　　　解答 (C)

解說 稍微難的問題。解題提示在語音中段的 In every job he has had here, he has shown himself to be an excellent manager.「他在每個工作崗位上，都傾盡全力證明他是一位優秀的經理」，由此推知 (C)「他擅長管理員工」是正確答案。換言之，如果能將關鍵詞句 an excellent manager 當成線索進行常識判斷，就會選對答案。預期這類必須靠「常識判斷」找出正解的題目將會快速增加。

79. 聽取 last 題型的「最後會發生什麼事」　　　　解答 (C)

解說 如果知道新登場的 last 題型的解題提示通常在語音的後半段或最後，就可以得分。本題從語音最後的說明 we'll take sometime for Kip to answer questions from you in the media.「我們將留一些時間給吉普來回答各位媒體先進的提問」，可知正確答案是 (C)「提問與回答」。

77. 這項布達的目的為何?

    (A) 生產新產品   (B) 訓練員工   (C) 設立新部門   (D) 介紹新主管

78. 說話者對吉普·詹生有何看法?

    (A) 他已屆退休年齡。   (B) 他即將大學畢業。

    (C) 他擅長管理員工。   (D) 他是從別家公司挖角過來的。

79. 最後將會發生何事?

    (A) 打破紀錄   (B) 掃地   (C) 提問與回答   (D) 產品發表會

重要詞彙 has been with us「和我們共事」是固定的說法,with us 經常出現在聽力單元。/ has risen to become ～「晉升成為～」的 risen 發音是 [rɪzn̩]。/ 注意 the youngest line manager (that) we have ever had 中 that 的省略。/ has shown himself to be ～「證明他是～」/ productivity「產能」/ efficiency「效率」/ 在 have some other announcements about new products (that) we'd like to make 中省略了關係代名詞 that。此外,也要注意 that we'd like to make 的「先行詞」是 announcements。/ in the media「媒體的」

語音特訓五部曲

5 Step Brit Sound Train
Differences between Group B and Group A

新多益測驗的聽力單元，負責錄音的不只是美國人，還有加拿大、英國、澳洲，以及紐西蘭的各國人士。以英語是國際語言的觀點來看，這是很合理的改變。不過，如果不習慣英國、澳洲及紐西蘭人士的口音，將很難聽懂考題。

針對新多益的聽力單元，本書採取的對策是，準備了一套透過五個步驟來加強英、澳、NZ語音特訓的課程。為了方便，將錄音分為 A、B 兩組：

A組 美 · 加

B組 英 · 澳 · NZ

特訓的重點放在充實 B 組語音的應考對策。讀者若能依這五個步驟循序漸進地練習，保證「聽力」會快速且確實地獲得改善。

接著請搭上「英式語音列車」（Brit Sound Train），開始進行特訓。 All aboard（上車囉）！

Step 1　名詞的語音練習

首先，將新多益聽力單元中經常出現的單字分成 A 、 B 兩組作對照，即使中文意思相同，但使用的英文單字並不一樣，要練習聽慣這些單字。多聽幾次，反覆給予耳朵訓練。

B 組 （英・澳・NZ音）		A 組 （美・加音）
❶ 英 ground floor ◄⋯⋯⋯	「一樓」 ⋯⋯⋯►	美 first floor
❷ 澳 bookshop ◄⋯⋯⋯	「書店」 ⋯⋯⋯►	加 bookstore
❸ NZ shopping centre ◄⋯⋯	「購物中心；商場」 ⋯⋯►	美 shopping mall
❹ 英 shopping trolley ◄⋯⋯	「購物（推）車」 ⋯⋯►	加 shopping cart
❺ 澳 corner shop ◄⋯⋯⋯	「便利商店」 ⋯⋯►	美 convenience store
❻ 英 ironmonger's ◄⋯⋯	「五金行」 ⋯⋯►	加 hardware store
❼ NZ handbag ◄⋯⋯⋯	「（女用）包包」 ⋯⋯►	美 purse
❽ 澳 fridge ◄⋯⋯⋯	「冰箱」 ⋯⋯►	加 refrigerator
❾ NZ hire purchase ◄⋯⋯	「分期付款」 ⋯⋯►	美 installment plan
❿ 英 hair stylist ◄⋯⋯	「美髮師」 ⋯⋯►	加 hairdresser
⓫ 澳 flight ticket ◄⋯⋯	「機票」 ⋯⋯►	美 plane ticket
⓬ NZ holiday ◄⋯⋯⋯	「休假」 ⋯⋯►	加 vacation
⓭ 英 car journey ◄⋯⋯⋯	「開車旅行」 ⋯⋯►	美 road trip
⓮ 澳 junction ◄⋯⋯	「交叉口；十字路口」 ⋯⋯►	加 intersection

5 Step

語音特訓五部曲

⑮ NZ interval ◄·········· 「（表演）中場休息時間」 ·········► 美 intermission

⑯ 英 flat ◄··················· 「公寓」 ···················► 加 apartment

⑰ 澳 parcel ◄··············· 「小包裹」 ···············► 美 package

⑱ NZ power point ◄········· 「電源插座」 ·········► 加 outlet

⑲ 英 fire practice ◄········· 「消防演習」 ·········► 美 fire drill

⑳ 澳 (pay) rise ◄··············· 「加薪」 ···············► 加 (pay) raise

TRACK
74 **聽寫練習**

聽寫的單字全部是 B 組的，試著確認一下你聽懂多少這組的單字。在空格中
填入適當的單字。

英 ❶ Slow down for the _____.

澳 ❷ The strap of the _____ came loose.

NZ ❸ The _____ is coming up soon.

英 ❹ Her new _____ is near the park.

澳 ❺ A _____ came for you today.

NZ ❻ Make sure you have your _____ _____.

英 ❼ There's a _____ _____ behind the desk.

澳 ❽ How soon can I expect a _____ _____?

NZ ❾ Leave the _____ _____ at the door.

英 ❿ There's a _____ on the _____ _____.

❶ junction「交叉口；十字路口」

習慣 for the 的發音速度。

中譯 ▶ 十字路口要放慢速度。

❷ handbag「（女用）包包」

習慣 of the 的發音速度。記住，不要強調介系詞和 the 的發音。 came loose「鬆脫，鬆開」。

中譯 ▶ 這包包的帶子鬆脫了。

❸ interval「中場休息時間」

interval [ˋɪntəvl] 的發音高而尖銳。 coming up「近了；快來了」。

中譯 ▶ 中場休息時間很快就到了。

❹ flat「公寓」

要熟悉 Her new 的發音。

中譯 ▶ 她的新公寓靠近公園。

❺ parcel「小包裹」

注意 parcel 的發音是 [ˋpɑrsl]。

中譯 ▶ 今天有一個給你的小包裹。

❻ flight ／ ticket「機票」

不要混淆了 flight「飛機」和 fight「戰鬥」，一個發 [flaɪt] 音；另一個發 [faɪt] 音。此外， ticket 是發 [ˋtɪkɪt] 音。

中譯 ▶ 請確定你有拿到你的機票。

❼ power ／ point「電源插座」

Power Point 是微軟的簡報用軟體，但在 英 、 澳 、 NZ 中， power point 指是「電源插座」。要習慣 behind the ～「在～的後面」的發音。

中譯 ▶ 桌子的後面有電源插座。

⑧ **pay ／ rise**「加薪」

How soon can I ～ ?「什麼時候（或多快）可以～？」的語調很重要。在辦公場所，a rise 是指「加薪」。

中譯 ▶ 我什麼時候可以加薪？

⑨ **shopping ／ trolley**「購物（推）車」

這是沒聽習慣就會感覺生疏的單字。起碼要聽一次 trolley [`trɑlɪ] 的發音。

中譯 ▶ 就把推車放在大門旁。

⑩ **bookshop**「書店」**／ ground ／ floor**「一樓」

ground floor 中的「d」在發音時已被連音吞沒。多聽幾次，以便習慣這個發音。

中譯 ▶ 書店在一樓。

Step 2 慣用語的語音練習

這次要進行經常出現在聽力單元的慣用語語音訓練。不同於用眼睛一個字一個字看，慣用語要一口氣念完，所以要依念的速度聽習慣這些慣用語的連音。在底下的 A、B 組慣用語中，有的雖中文意思相同，但所用的英文字組合並不一樣。請一邊習慣它們的語音，一邊記住慣用語的意思。

B 組 （英・澳・NZ 音）		A 組 （美・加 音）

❶ 英 straight away ◄·············· 「立刻」 ··············► 美 right away
This project has to be done straight away.
「這個計畫必須要立刻完成。」

❷ 澳 do the washing-up ◄·············· 「洗碗」 ··············► 加 do the dishes
Could you help me to do the washing-up?
「你可不可以幫我洗碗？」

❸ NZ wait at tables ◄·············· 「當服務生」 ··············► 美 wait (on) tables
I have to wait at tables from noon.
「我必須從中午開始當服務生。」

❹ 英 lay the table ◄·············· 「擺設餐具」 ··············► 加 set the table
We have to lay the table for 15 guests.
「我們必須為十五位客人擺設好餐具。」

❺ 澳 go off ◄·············· 「（食物）腐壞」 ··············► 美 go bad
The meat has gone off.
「肉已經壞了。」

❻ NZ take away ◄·············· 「（食物）打包外帶」 ··············► 加 take out
Can I get those chips to take away?
「我可以將那些薯條打包帶走嗎？」

【注】英 chips「薯條」 ←→ 美 French fries

⑦ 英 **stand for** ◄·················· 「競選（公職）」 ··········► 美 **run for**

Stanley will stand for mayor.

「史坦利將要競選市長。」

⑧ 澳 **sack**＋人 ◄·················· 「解雇～」 ··········► 加 **fire**＋人

Sally was sacked.

「莎莉被解僱了。」

⑨ NZ **bit by bit** ◄············· 「漸漸地，一點一點地」 ····► 美 **little by little**

Bit by bit, you'll learn the job.

「你將漸漸地學會你的工作。」

⑩ 英 **mend** ◄·················· 「修理」 ·········► 加 **repair ; fix**

I need to have my car mended.

「我必須將車子送去修理。」

⑪ 澳 **take a left** ◄·················· 「（車子）左轉」 ··········► 美 **turn left**

Take a left at the petrol station, please.

「請在加油站左轉。」

　　　【注】英 petrol station「加油站」◄──► 美 gas station

⑫ NZ **look in on**＋人 ◄··· 「（順道）拜訪～」 ···► 加 **drop by**＋人 ; **stop in on**＋人

Let's look in on Vikas in his office.

「我們順道去維卡斯的辦公室拜訪一下他吧。」

　　　【參考】表示「順道去（商店）」時，英 call in to ～◄──► 加 go by / drop in / stop by

　　　Could you call in to the grocer's?

　　　「你可以順道去一下雜貨店嗎？」

⑬ 英 **queue (up)** ◄·················· 「排隊」 ················► 美 **stand in line ; wait in line**

Shoppers are queuing at the cashpoint.

「購物群眾在自動提款機前排隊。」

　　　【注】注意 queue 的發音是 [kju]。英 cashpoint; cash dispenser「自動提款機」◄──► 美 ATM

⑭ 澳 engaged ◄·················· 「（電話）忙線，占線」 ·····► 加 busy

The line is engaged.

「電話忙線中。」

⑮ NZ work out 〜 ◄··················「想出〜」 ··················► 美 figure 〜 out

We need to work out the solution.

「我們必須想出解決之道。」

ACK 8

聽寫練習

試著確認一下你可以掌握多少 B 組的慣用語。在空格內填入適當的單字。

英 ❶ The copier will be _____ some time this afternoon.

澳 ❷ I'd like you to get to work _____ away.

NZ ❸ You'll figure out how to do your job well, _____ by _____.

英 ❹ The milk in the fridge had _____ _____, so I had to throw it away.

澳 ❺ The _____ was _____, so I decided to call back later.

NZ ❻ We _____ a _____ at the petrol station with the big yellow sign, and drove east.

Answer Key

❶ mended「被修理」

可以跟得上 will be mended 的發音速度嗎？聽慣口音是很重要的。

中譯 ▶ 影印機會在今天下午修理。

❷ **straight (away)**「立刻」

to get to work「開始工作」/ 要習慣 straight away 的速度。

中譯 ▶ 我希望你立刻開始工作。

❸ **bit (by) bit**「漸漸地」

figure out ～「想出～」的發音很難聽懂，多聽幾次以便完全掌握。

中譯 ▶ 你漸漸地就會想出該如何讓工作上手。

❹ **gone** / **off**「腐壞」

in the fridge「在冰箱中」/ gone off「腐壞了」/ throw it away「丟掉
（牛奶）」念得很快，要能跟上這樣的速度。

中譯 ▶ 放在冰箱裡的牛奶壞掉了，所以我必須把它丟掉。

❺ **line**「電話」/ **engaged**「忙線中」

decided to do「決定做～」的不定詞 to 發音比較輕，要習慣這種發音不太
清楚的感覺。

中譯 ▶ 電話忙線中，所以我決定待會再回電。

❻ **took**「轉彎」/ **right**「右邊」

不論是 a / at the / with the / and 都發輕音，而且念得很快。所謂加強
聽力，也包括能掌握住這些發音很輕的字。請好好地跟上速度。

中譯 ▶ 我們在有著黃色大招牌的加油站右轉，並往東開去。

Step 3　短句的語音練習

語音訓練第三部曲是根據 B 組語音來做短句的練習。聽懂短句，是聽懂中長句子或更長句子的基礎。請至少要聽五遍 CD，以習慣 B 組的發音。

聽慣語音後，可試著配合播放速度跟讀。如此對聲音的親密度也會一下子提高不少。

英 ❶ **The car park is full.**
「停車場客滿了。」
美 **parking lot**「停車場」

澳 ❷ **Please get off at the next junction.**
「請在下一個高速公路的交流道下來。」
美 **exit**「高速公路交流道」

NZ ❸ **There's a lay-by up ahead.**
「正前方有一個路旁停車處。」
美 **pulloff; turnout**「（市區道路或公共道路的）路旁停車處」

英 ❹ **The public transport system is no longer safe.**
「大眾運輸系統再也不安全了。」
美 **mass transit system**「大眾運輸系統」

澳 ❺ **Her accounting firm is located in the city centre.**
「她的會計師事務所位於市中心。」
美 **downtown**「市中心；鬧區」

NZ ❻ **What is this headed paper for?**
「這個印在信紙的信頭有何用意呢？」
美 **letterhead**「信紙的信頭」

英 ❼ **I think we'd better replace the kitchen tap.**

「我認為我們最好換掉這個水龍頭。」

美 **faucet**「水龍頭」

澳 ❽ **Isn't it my turn to run the bath?**

「不是輪到我放洗澡水了嗎？」

美 **fill the tub**「浴缸裝滿水」

NZ ❾ **Watering the garden is my morning routine.**

「庭院澆水是我每天早晨的例行工作。」

美 **yard**「庭院」

澳 ❿ **Are you going to ring her now or later?**

「你現在會打電話給她嗎？還是稍後呢？」

美 **call ～**「打電話～」

TRACK 81 英 ⓫ **My dinner jacket is made-to-measure.**

「我的燕尾服是量身訂做的。」

美 **tuxedo**「燕尾服」，**custom-made**「量身訂做」

NZ ⓬ **Wait for me in the foyer, please.**

「請在大廳等我。」

美 **lobby**「大廳」

英 ⓭ **Do you have a current account with us?**

「你在我們這裡有活存帳戶嗎？」

美 **checking account**「活存帳戶」

澳 ⓮ **I have decided to buy Ajax unit trust.**

「我決定了要買阿賈克斯基金。」

美 **mutual fund**「共同基金」

NZ ⓯ **The industrial estate construction is now under way.**

「工業園區的建設現正在進行中。」

美 **industrial park**「工業園區」

聽寫練習

試著聆聽底下 B 組發音的對話，並在空格內填入適當的單字。

❶ ┌ 英 **Are you located in the _____ _____?**
   └ NZ **No, we moved a few months ago.**

❷ ┌ 澳 **Which _____ should we take?**
   └ 英 **Please get off at the next one.**

❸ ┌ NZ **Where would you like to meet?**
   └ 澳 **In the _____, at 2:00 sharp.**

❹ ┌ 英 **May I ask if you have a _____ _____ with us?**
   └ 澳 **No, but I'm planning to open one.**

❺ ┌ NZ **Oh, no, not again. Our _____ _____ is full.**
   └ 英 **Why don't we keep looking?**

Answer Key

❶ industrial「工業」/ estate「園區」

要記住，「你們公司（工廠或事務所）是在～嗎？」，經常說成 Are you located in ～?

中譯 ▶ 英 你們公司是在工業園區嗎？
　　　　 NZ 不，我們在幾個月前搬走了。

❷ junction「高速公路交流道」

可以跟得上 get off at ～「在～下來」的速度嗎？ one = junction

中譯 ▶ 澳 我們要在哪個交流道下（高速公路）呢？
　　　　 英 請在下一個交流道下。

5 Step 語音特訓五部曲

❸ **foyer**「大廳」

將 NZ 音練習到聽一遍就能掌握。多聽幾次 CD，直到問句一口氣念完就能聽懂的地步。 sharp「整點；剛好」

中譯 ▶ NZ 你要在哪裡碰面呢？
　　　　 澳 兩點整，在大廳碰面吧！

❹ **current**「活期」/ **account**「存款帳戶」

可以聽懂 with us「和我們銀行」的口音嗎？ but I'm planning to「可是，我打算～」的速度是很平常的，要習慣這樣的速度。

中譯 ▶ 英 可以請問一下，您有我們銀行的活存帳戶嗎？
　　　　 澳 沒有，不過我正打算開一個。

❺ **car**「車子」/ **park**「停車場」

一定要好好分清楚 full「充滿」、 fill「裝滿」和 fall「掉落」這些易混淆的音。

中譯 ▶ NZ 噢，不，不會吧。停車場又停滿了。
　　　　 英 我們何不繼續找其他停車場呢？

Step 4　母音的語音練習

首先，將新多益聽力單元中經常出現的單字分成 A、B 兩組作對照，即使中文意思相同，但使用的英文單字卻不同，要練習聽慣這些單字。多聽幾次，反覆給予耳朵訓練。

英 ❶ [ʌ]　**dustbin**「垃圾桶」

The dustbin has not been emptied in days.

「這個垃圾桶已經好幾天沒有人來收了。」

美 **garbage can ; trash can**

澳 ❷ [i] 和 [ɑ]　**fitted carpet**「鋪設的地毯」

Our new office comes with a fitted carpet.

「我們新辦公室的地面全部鋪上地毯。」

美 **is carpeted wall to wall**

NZ ❸ [ju]　**newsagent's**「報攤」

Bruce is supposed to meet me outside the newsagent's.

「布魯斯和我約在外面的報攤見面。」

美 **newsstand**

【注】news，美式有時也發 [nuz]。

英 ❹ [ɔ] 和 [e]　**unemployment benefit**「失業救濟金」

Without unemployment benefits, many wouldn't be able to pay the

rent.

「少了失業救濟金，許多人可能繳不起房租。」

美 **unemployment compensation [insurance]**

澳 ❺ [æ] 和 [aɪ]　**traffic light**「交通號誌」

The traffic light is about to turn red.

「紅綠燈即將要變紅燈了。」

美 **stoplight**

NZ ⑥ [ə] 和 [ɪ] **return ticket**「來回票」

Return tickets are not much more expensive than one-way only.

「來回票不只比單程票貴一些。」

美 **round-trip ticket**

英 ⑦ [ʌ] 和 [e] **underground railway**「地下鐵」

The underground railway has been stopped due to a strike.

「由於罷工的關係，地下鐵已經停開了。」

美 **subway**

【注】在英式英語中，subway 是「地下道」的意思。

澳 ⑧ [aɪ] **hire**「租（車）」

You can hire a car at most major airports.

「幾乎主要的機場都可以租到車。」

美 **rent**

NZ ⑨ [e] **crates**「板條箱」／ **pavement**「人行道」

The crates are still piled up on the pavement.

「這些板條箱還堆放在走道上。」

美 **sidewalk**

英 ⑩ [o] **postcode**「郵遞區號」

The postcode ensures prompt delivery.

「郵遞區號能確保信件迅速送達。」

美 **zip code**

【參考】ensure「確保～」，prompt「迅速地」

聽寫練習

練習一下你可以正確聽懂多少 B 組單字的母音。如果能一次就聽辨出不同處，那麼聽懂 B 組單字對你來說是不成問題的。請在空格內填入適當的單字。

英 ❶ Should there be an accident, call _____ straight away.

澳 ❷ A group of _____ are getting off the aeroplane.

NZ ❸ A _____ has broken down in the middle of the road.

英 ❹ The caretaker found your unemployment benefit _____ in the dustbin.

澳 ❺ The strong winds _____ the traffic light down to the carriageway.

NZ ❻ The number of _____ to 112 _____ with the arrival of the longboarders.

英 ❼ The _____ railway transports people while a lorry delivers _____.

澳 ❽ A _____ cut has shut down the entire _____ factory.

Answer Key

❶ <u>999</u>（唸成 nine-nine-nine）

重點是要聽懂 [aɪ] 的音。 Should there be ～ = If there should be ～「萬一～的時候」。 999 是英國的「緊急電話」，美國是 911（nine-one-one），歐洲則是 112（one-one-two）。

中譯 ▶ 萬一發生意外事故時，立刻打電話給 999。

❷ **h<u>o</u>lidaymakers**「假日遊客」

重點是聽懂 [ɔ] 的音。英 aeroplane「飛機」= 美 airplane

中譯 ▶ 一群假日遊客正在下飛機。

❸ **l<u>o</u>rry**「卡車」

重點是聽懂 [ɔ] 的音。英 lorry = 美 truck

中譯 ▶ 一輛卡車拋錨在道路正中央。

❹ **ch<u>e</u>que**「支票」

重點是聽懂 [e] 的音。英 caretaker「（大樓）管理員」= 美 janitor

中譯 ▶ 管理員在垃圾桶中發現你的失業救濟金支票。

❺ **kn<u>o</u>cked**「撞到」

重點是聽懂 [ɑ] 的音。 knock ～ down to...「將～撞倒在…」。
英 carriageway「車道」= 美 roadway; pavement

中譯 ▶ 強風將交通號誌吹倒在車道上。

❻ **c<u>a</u>lls**「電話」／ **incr<u>ea</u>sed**「增加了」

重點是聽懂 [ɔ] 和 [i] 的音。

中譯 ▶ 隨著衝浪客的到來，打緊急電話的件數增加了。

❼ **<u>u</u>nderground**「地下的」／ **c<u>a</u>rgo**「貨物」

重點是聽懂 [ʌ] 和 [ɑ] 的音。 while S + V「但是～」，注意表示「對比」
的 while 的用法。

中譯 ▶ 地鐵是用來載客的，卡車是用來載貨的。

❽ **p<u>o</u>wer**「電力」／ **w<u>oo</u>l**「羊毛」

重點是聽懂 [au] 和 [u] 的音。英 power cut「停電」= 美 power outage

中譯 ▶ 停電導致羊毛工廠的整體作業停擺。

Step 5　速度的練習

最後，試著練習有關 B 組語音的速度。目標是一口氣聽懂包括縮寫、介系詞、含類似音的短句。聽懂這些比理解字詞的意思更重要。

加 [例]　**He'd like to see you in the lobby of his old office.**

　　縮寫音 . . . . **He'd = He would**

　　介系詞發音 . . . . **in** / **of**

　　類似音 . . . . **lobby** 的 [ɔ] / **old** 的 [o] / **office** 的 [ɔ]

　　中譯 ▶ 他想在他的舊辦公室會客室見你。

請利用 CD 跟讀 B 組的語音。反覆練習幾次，逐漸聽慣這些音。

5 Step　語音特訓五部曲

英美 ❶ **That'd be a great feature to include in the future.**

　　縮寫音 . . . . **That'd = That would**

　　介系詞發音 . . . . **in**

　　類似音 . . . . **feature** 的 [i] 和 **future** 的 [ju]

　　提醒 聽慣 That'd 的發音。這是在聽習慣前會有抗拒感的「縮寫音」。介系詞的音不必發得太清楚。容易混淆的 [i] 與 [ju] 的例子有 ease [iz] ⟷ use [juz]。

　　中譯 ▶ 未來那將會是商品很大的特色。

　　重要詞彙 feature「特色」／ include「包括～」／ in the future「在未來」

澳加 ❷ **I'd be careful not to slip on these slippery steps.**

縮寫音 . . . . **I'd = I would**

介系詞發音 . . . . **on**

類似音 . . . . **slip** 與 **slippery** 的 [ɪ] / **steps** 的 [ɛ]

提醒 I'd be careful 要一口氣念完。 not to slip on 也要一口氣念完。不要比正常發音慢。[ɪ] 與 [ɛ] 的音容易混淆。 bit [bɪt] 與 bed [bɛd] 也是類似音。

中譯 ▶ 我最好小心一些不要在這些滑溜溜的階梯上摔跤。

重要詞彙 careful「小心謹慎的」/ slip on〜「滑倒〜」/ slippery「滑溜溜的」/ steps「階梯」

NZ美 ❸ **She'd never been to the factory floor before.**

縮寫音 . . . . **She'd = She had**

介系詞發音 . . . . **to**

類似音 . . . . **floor** [or] 與 **before** [or] 發音相同。

提醒 在 B 組中,「字中與字尾的 r」不發音地帶過去,例如 smart「聰明伶俐的」和 car「車子」等。

中譯 ▶ 她過去沒有在工廠現場的經驗。

重要詞彙 factory floor「工廠現場」。

英加 ❹ **You've been promoted to product manager.**

縮寫音 . . . . **You've = You have**

介系詞發音 . . . . **to**

類似音 . . . . **promoted** 的 [o] 與 **product** 的 [ɔ]

提醒 be 動詞的 been 在 B 組發 [bɪn] 音，在 A 組發 [bin]。 coat [kot]「外套」⟷ cot [kɑt]「嬰兒床」（美式說法是 crib）⟷ caught [kɔt]「捕捉」，也是很微妙的類似音。

中譯 ▶ 你已經被晉升為產品經理了。

重要詞彙 been promoted to ～「被升為～」

澳 美 ❺ **We're even planning the events before the meeting.**

縮寫音 .... **We're = We are**
介系詞發音 .... **before**
類似音 .... **even** 與 **meeting** 一樣發 [i] 音，**events** 則發 [ɛ] 音

提醒 要確實聽慣 eat [i]「吃」⟷ busy [ɪ]「忙」⟷ pet [ɛ]「寵物」的發音。

中譯 ▶ 我們甚至在會議前就規劃活動。

重要詞彙 events「事件；活動；比賽」/ meeting「會議」

NZ 加 ❻ **Who's going to be in charge of such a big chain-store?**

縮寫音 .... **Who's = Who is / Who has**
介系詞發音 .... **in / of**
類似音 .... **charge** [tʃɑ] 與 **chain-store** [tʃe]

提醒 要聽習慣 chart「圖；表」的 [tʃɑ] ⟷ change「變化」的 [tʃe] ⟷ chess「西洋棋」的 [tʃɛ] ⟷ cheese「乳酪」的 [tʃi] ⟷ chin「下顎」的 [tʃɪ] ⟷ Tuesday「星期二」的 [tju] 的發音，並懂得分辨 [tʃɑ] [tʃɛ] [tʃe] [tʃi] 的不同。

中譯 ▶ 這麼大型連鎖店的負責人將是誰呢？

重要詞彙 be in charge of ～「負責～」

　聽寫練習

CD 中會分別以「A 組」與「B 組」的發音將短句念一遍，請在空格內填入所聽到的單字。當你十分熟悉 B 組的發音後，就會產生自信，而能分辨出兩組發音的不同，可說是一大進步。

英美 ❶ ＿＿＿＿＿＿ you know there was ＿＿＿＿＿＿ one there?

澳加 ❷ ＿＿＿＿＿＿ had no chance to glance ＿＿＿＿＿＿ the proposal.

NZ美 ❸ ＿＿＿＿＿＿ been on the ＿＿＿＿＿＿ for more than four hours.

英加 ❹ ＿＿＿＿＿＿ been quite a while since we last ＿＿＿＿＿＿.

澳美 ❺ ＿＿＿＿＿＿ quite a ＿＿＿＿＿＿ problems still in our future.

NZ加 ❻ ＿＿＿＿＿＿ been a barber in this ＿＿＿＿＿＿ for ten years.

英美 ❼ ＿＿＿＿＿＿ all intending to ＿＿＿＿＿＿ the job fair.

澳加 ❽ ＿＿＿＿＿＿ no reason for ＿＿＿＿＿＿ that question right now.

NZ美 ❾ ＿＿＿＿＿＿ the fall concert be held at Carnegie ＿＿＿＿＿＿?

英加 ❿ ＿＿＿＿＿＿ like you to come in ＿＿＿＿＿＿ an informational interview ＿＿＿＿＿＿ the position.

Answer Key

❶ **How'd ／ no**

多聽幾次 CD，以便跟上 How'd（= How do）的速度。How'd 也是 How would 的縮寫。know「知道」與 no「沒有」的發音相同。

中譯 ▶ 你怎麼知道那裡沒有人？

❷ We've ／ at

要一口氣念完 We've（= We have）／ glance at ～「盯著看，仔細看～」。注意澳洲人會將 chance 說成 [tʃɑns]，glance 說成 [glɑns]，而加拿大人會將 chance 說成 [tʃæns]，glance 發成 [glæns]。

中譯 ▶ 我們沒機會看企畫案一眼。

❸ She's ／ phone

She's（= She has）與 He's 經常會混淆。phone [fon] 與 four [for] 是類似音。反覆多聽幾次，熟悉囚音。

中譯 ▶ 她講電話講了四小時以上。

❹ It's ／ met

要習慣 It's（= It has）／ quite a while「一會兒」的速度。要知道 been 的英音是 [bɪn]，加音是 [bin]。

中譯 ▶ 距離我們上次見面，已有相當久的時間。

❺ There're ／ few

要聽清楚 There're（= There are）與 They're（= They are）的不同。few 的 [ju] 與 future 的 [ju] 是同音。

中譯 ▶ 我們的將來還存在相當多的問題。

❻ I've ／ harbour

可以不費勁地聽懂 I've（= I have）的縮寫音吧。但要聽清楚發音類似的 barber [`bɑrbə]「理髮師」 ⟷ harbour [`hɑrbə]「港口」就有點難了。

中譯 ▶ 我在這港口當了十年的理髮師。

❼ They're ／ attend

要非常熟悉 They're（= They are）的縮寫音。這次，即使 They're all 很快念過，也要跟得上。attend the job fair「參加徵才說明會」中的 the，通常是輕輕地帶過。

中譯 ▶ 他們所有人都打算去參加徵才說明會。

⑧ There's / raising

要能聽清楚 There's（= There is）⟷ There're ⟷ They're 的縮寫音。reason 的 [ri]「理由」與 raising 的 [re]「提出」是類似音。

中譯 ▶ 現在沒必要提出那個問題。

⑨ When'll / Hall

聽懂 When'll（= When will）的縮寫音。fall [fɔl]「秋」⟷ Hall [hɔl]「大廳；會場」的發音很類似，不易分辨。

中譯 ▶ 秋季音樂會何時會在卡內基音樂廳舉行？

⑩ We'd / for / for

若能跟得上 We'd（= We would）/ come in for an 的速度，就算很不錯了。請加強 come in for ～「為～來公司」，an informational interview「資訊式面談」（指對職位和行業等相關訊息進行調查），for the position「關於該職位」的連音。

中譯 ▶ 我們希望你能來做有關該職位的資訊式面談。

閱讀測驗

Reading Section

閱讀測驗的新題型

新多益的閱讀測驗也有大幅的改變，原本的 Part 5「單句填空」維持不變，但刪除「挑錯題」，取而代之的是新登場的 Part 6「短文填空」，而 Part 7「文章理解」也在原來的單篇文章理解（Single Passage）題之外，新增了雙篇文章理解（Double Passage），題數則多了 8 題。

Part 6「短文填空」是重要的得分題，雖然文字比 Part 5「單句填空」長，但同樣是要求考生填入單字或是文法上的問題。

- Part 5 和 Part 6 有不少題目是靠單字力（名詞、形容詞、副詞、動詞）就可以答對的題目。
  Part 5 → 40 題中約占 25 題
  Part 6 → 12 題中約占 7 題
- 剩下的「文法」、「詞性及用法」、「慣用語」等題目難易度居中。
- 作答時間 1 題約 20 秒。

閱讀測驗改變頗大的 Part 7，作答速度是 1 分鐘 1 題，這是提高答對題數的關鍵。針對新登場的「雙篇文章理解」，首先要做的是從題目去決定要參閱哪一篇文章來答題。

Part 5

Incomplete Sentences

單句填空

根據分析結果，新多益測驗的 Part 2 「應答問題」與 Part 5「單句填空」和舊多益是一樣的。如果能掌握過去三年的出題趨勢，並確實消化吸收常考題型，則 Part 5 可說是閱讀單元中最容易得分的部分。接著將 40 道單句填空題簡單分類，並依出題頻率擬定對策。

Part 5 的出題趨勢

1. 可用單字力解答的題目（13～16 題）

名詞 …………………… 4～9 題		形容詞 …………… 2～4 題	
副詞 …………………… 2～4 題		動詞 ……………… 2～3 題	

2. 可用文法力解答的題目（15～20 題）

被動語態 ……………… 3～4 題	現在完成式 ………… 1 題
所有格 ………………… 2～4 題	假設語氣 …………… 1 題
慣用語 ………………… 2～4 題	介系詞 ……………… 1 題
過去分詞與現在分詞 … 2～3 題	現在進行式 ……… 0～1 題
關係代名詞 …………… 2 題	反身代名詞 ……… 0～1 題
連接詞 ………………… 1～2 題	

3. 可靠理解用法解答的題目（3～5 題）

形容詞 little ／ any 等的用法 ……………………………… 2～3 題

動詞 need 的用法 …………………………………………… 0～1 題

動詞 remain 的用法 ………………………………………… 0～1 題

動詞 decide 的用法 ………………………………………… 0～1 題

副詞 otherwise 的用法 ……………………………………… 0～1 題

4. 可用詞性與用法知識解答的題目（10～15 題）

形容詞及其用法 ……… 5～6 題	動詞及其用法 ……… 5 題
副詞及其用法 ………… 4～5 題	名詞及其用法 ……… 3 題

實際考試時有一半的題目是同時考詞性與用法上的理解。也就是說，考詞性用法的題目中有 5～8 題會和 ❷ 的文法力有關連。

1　單字力

對於只靠單字力便能正確作答的題目，除了每天讀英文，牢記名詞、副詞、形容詞，以及動詞等詞性的單字外，別無他法。底下是根據過去三年多益考試的出題趨勢所彙整的常考單字。

1 常考名詞

renovation「更新；整修」　　　**version**「樣式；版本」

alternative「替代（方法）」　　**variety**「種類」

results「結果」　　　　　　　　**interruption**「中斷」

respect「尊敬；方面」

2 常考副詞

specifically「明確地」　　　　**thoroughly**「完全地」

strongly「強烈地」　　　　　　**tentatively**「暫時地；試驗性地」

effectively「有效地」

3 常考形容詞

numerous「多數的」　　　　　**active**「活躍的；活性的」

additional「額外的」　　　　　**impressive**「令人印象深刻的；感人的」

aware「察覺的」

4 常考動詞

develop「發展；開發」　　　　**remain**「保持」

enter「輸入」　　　　　　　　　**alleviate**「減輕」

raise「籌集；召集」

Part 5　單句填空

電視新聞、報章雜誌，以及商業文書中的常見單字，都是出題的對象。平時的累積十分重要，每天閱讀或聆聽長約 500 個詞彙的英文，有助於提升單字力，掌握住常考單字。

2 文法力

出題頻率 1 被動語態

被動語態的基本句型是〈be 動詞＋動詞的過去分詞〉，它是出題頻率最高的，可區分為以下五種：

1 **具有後置修飾語的主詞被動式**

Guest rooms designed by Mark Newson are divided into blocks of 28.
「馬克‧紐森設計的客房被分成二十八區。」（主詞是 Guest rooms）

2 **單純的被動式**

Technology can be refined and perfected.
「技術可以被改良並精益求精。」

3 **報導式動詞常用被動式**

It is often said that past performance cannot guarantee future results.
「有句話說，過去績效不代表未來結果。」

4 **現在完成式的被動式**

The details of the process have not been made public.
「過程的細節尚未被公開。」

5 **和關係代名詞的主格配對的被動式**

The booklet, which will be distributed soon, aims to educate the public.
「這本最近將被分送的小冊子，目的在教育一般民眾。」

所有格和副詞、形容詞是過去兩年多益測驗 Part 5 激增的文法・單字題。不論理由為何，一次考 4 ～ 5 題是很平常的。所幸只要記住簡單的規則，很快可以找到正確答案。底下六點是很重要的。

① **Ms. Aston / a woman 等的「女性單數名詞」→ her**

Ms. Jenkins worked <u>her</u> way to the top.

「詹金斯小姐努力工作爬到最高位階。」

② **Mr. Cooper / a man 等的「男性單數名詞」→ his**

Mr. Hillman knows <u>his</u> country's market well.

「希爾曼先生很了解他國家的市場。」

③ **places / people 等的「複數名詞」→ their**

The new rule requires hospitals to reveal <u>their</u> infection rates.

「新規定要求醫院必須公布受感染的比率。」

(hospitals' → their)

④ **magazine / city 等的「單數名詞」→ its**

The car model is now in <u>its</u> sixth generation.

「這個車款現在是第六代。」

(car's → its)

⑤ **we → our**

We have tried 31 locks in <u>our</u> tests.

「我們在實驗中已試過三十一個鎖了。」

⑥ **you → your**

Your best source for all that help is as near as <u>your</u> phone.

「你只要打電話就可獲得最佳的服務（或協助）。」

Part 5

單句填空

分析《TOEIC® 新官方題庫》的結果，慣用語每次會出 2 ～ 4 題，但在過去五年的實際考試中是出了 3 ～ 5 題。而反覆出現的是底下的 12 個慣用語，請牢記在心。

1 **in exchange for (concert tickets)**
「交換（演唱會門票）」

2 **due to (the strike)**
「由於（罷工）」

3 **according to (the latest data)**
「根據（最新的資料）」

4 **be subject to (change)**
「易受（變動）的」

5 **in place of (butter)**
「代替（奶油）」

6 **at a moment's notice**
「突然」

7 **with no exceptions**
「無一例外」

8 **in an effort (to achieve the goal)**
「努力以（達成目標）」

9 **put (the regulation) into effect**
「實施（規定）」

10 **on behalf of (the company)**
「代表（公司）」

11 **as long as (the negotiation continues)**

「（談判）期間」

12 **a variety of (means)**

「各種的（方法）」

出題頻率 4　過去分詞與現在分詞

過去分詞與現在分詞在舊多益的 Part 6「挑錯題」中每次會出 1 ～ 2 題，但新多益已無挑錯題，現在變成了 Part 5「單句填空」的基本題型，預估每次會出 2 ～ 3 題。

1 **過去分詞的例子**

She accepted the job offered to her.

「她接受了提供給她的工作。」

= **She accepted the job (that was) offered to her.**

➡ 上例可視為被動關係的縮減形式。意思為「被～了」時就知道要用過去分詞。

2 **現在分詞的例子**

She accepted a job promising her a good income.

「她接受了一個允諾要給她好收入的工作。」

= **She accepted a job that promises her a good income.**

➡ 上例可視為主動關係的縮減形式。意思為「誰做～」時要用現在分詞。

出題頻率 5　關係代名詞

先行詞（成為修飾對象的名詞）是人的話，用 who 和 that，是物的話，用 that 或 which。記住逗號（,）後面不能用 that。另一點是關係代名詞的所有格 whose，不論先行詞是人或物均可使用。以上是四個檢查的重點。

1 **先行詞是「人」的例子**

The chief executive <u>who</u> / <u>that</u> took over in May is relying on the new medicines.

「五月接任的執行長，打算將新藥當成主力商品。」

⬤ 先行詞是 chief executive「執行長」，也就是「人」。

2 **先行詞是「物」的例子**

We want something <u>that</u> involves the consumer.

「我們希望有消費者可以參與。」

⬤ 先行詞是 something。 that 常代替 which。

3 **逗號後面用 which 的例子**

Net income for the first quarter, <u>which</u> ended January 31, rose sharply.

「一月三十一日截止的第一季淨利急遽上升。」

⬤ 記住逗號（,）後面不能用 that。

4 **whose 的例子（常出的是先行詞為「物」的考題）**

Liquid crystals are an idea <u>whose</u> time has come.

「液晶導入的概念意味液晶時代的來臨。」

⬤ 先行詞是 an idea「想法」。 whose time = the time of the idea

出題頻率6 ▶ **連接詞**

用於連接詞、片語或子句的連接詞，記住以下四種就足夠了。

1 **〈Although S ＋ V〉「雖然～」**

Although consumer spending is growing, job creation isn't.

「雖然消費者支出持續成長，卻沒有創造更多的工作。」

② 〈Since S ＋ V〉「因為～；～以來」

Since our sales are good, we'll soon expand our assembly plants in Asia.

「由於我們的銷售表現亮麗，我們即將在亞洲增設組裝工廠。」

③ 〈As S ＋ V〉「因為～」

As I was tired, I couldn't finish the race.

「我因為疲倦，無法跑完這場賽跑。」

④ 〈While S ＋ V〉「儘管～」

While the seminar is demanding, there's a lot to learn.

「儘管這場研討會是吃力的，但有很多可以學習的。」

出題頻率 7 ▶ **對過去的推測**

〈would have ＋動詞的過去分詞〉意指「過去一定有做過～吧」，為對過去的推測，也是「假設語氣的過去完成式」的應用形。事先知道 would have 的後面要接動詞的過去分詞，就不難找到答案。它可說是新多益 Part 5「單句填空」的唯一新題型。

Driving to Sydney **would have taken** twice as long as taking the train.

「開車到雪梨所花的時間應該是坐火車的兩倍吧。」

→ 不用 **took** ／ **take** ／ **taking**，而要用 **taken**。

出題頻率 8 ▶ **假設語氣**

在假設語氣中，最常考的是將時間軸設定在過去的「假設語氣過去完成式」。請一併記住〈**If S ＋ had ＋動詞的過去分詞, S ＋ would have ＋動詞的過去分詞**〉的基本形和下面三種應用形。

1. If I <u>had gained</u> extra skills, I <u>would have worked</u> for a better company.

2. I <u>would have worked</u> for a better company, had I <u>gained</u> extra skills.

3. Had I <u>gained</u> extra skills, I <u>would have worked</u> for a better company.

「如果我那時能有其他的技能，我就可以在較好的公司上班。」

出題頻率 9 ▶ 介系詞

單純問介系詞的題目會出 1～2 題，考慣用語所搭配的介系詞的題目會出 1～2 題。請習慣這兩種題型。

1 單純問介系詞的題目

The lawyers discussed the case <u>over</u> drinks.

over ～「一邊～」

「律師們邊喝飲料邊討論起這個案子。」

Freeway traffic slows down <u>during</u> the rush hour.

during ～「～期間」

「高速公路的車速在尖峰時刻減緩下來。」

2 考慣用語所搭配的介系詞

You should reserve a rental car at the airport prior <u>to</u> your arrival.

prior to ～「～之前」

「你應該在到達機場前就預租好車子。」

Law is more and more <u>at</u> the center of globalized education.

at the center of ～「在～的中心」

「法律愈來愈成為全球化教育的核心。」

為〈be 動詞＋-ing〉的形式，看到句子中有 right now「現在；就在此刻；立刻」的副詞，就知道要在空格內填入現在進行式。

She is meeting with the clients right now.
「她此刻正在和顧客們會談。」

出題頻率 11 **反身代名詞**

分析《TOEIC® 新官方題庫》的結果會出一題，但過去五年的多益測驗每次大約會考 2 ～ 3 題。請先簡單地確認以下四點。

1 **男性的單數 ⟶ himself「他自己」**
by himself「獨自地」

Lee built the house himself.
李自己蓋了這棟房子。

【注】雖然是指他自己蓋了房子，但實際上是有藉助他人之力的語氣。

Lee built the house by himself.
李獨力蓋了這棟房子。

【注】by oneself = alone「單獨」，語氣上是強調「只憑一己之力」。

2 **女性的單數 ⟶ herself「她自己」**
by herself「獨自地」

Annie cut the deal herself.
安妮自己完成交易。

【注】雖然有同事忙，但強調是「她」完成交易。

Annie cut the deal by herself.
安妮獨力完成交易。

【注】不藉助同事之力，「她憑一己之力」完成交易。

Part 5

單句填空

③ 複數的人、物 ━━▶ themselves「他們自己」

by themselves「靠他們自己」

The bank tellers launched a charity drive themselves.

銀行櫃員們自己辦了一場慈善活動。

【注】雖然是由銀行櫃員發起，但有來自其他部門同事或外部人士的支援。

The bank tellers launched a charity drive by themselves.

銀行櫃員們獨自辦了一場慈善活動。

【注】櫃員完全沒有外援，「只靠他們自己的力量」來發起慈善活動。

④ 單數的物 ━━━━▶ itself「它本身」

by itself「自動的；自然的」

Steel itself is useless.

鋼鐵本身是無用的。

【注】鋼鐵要經過加工，做成成品後才有用。

The automatic door opens by itself.

自動門自動打開了。

不論意思為何，記住，都要先決定主詞的反身代名詞格式為何。

3 用法理解

出題頻率 1 ▶ little ⟷ few ／ any ⟷ no 的用法

若記住以下四個用法，就可以掌握得分點。

① 〈little ＋不可數名詞〉「幾乎沒有～」

There is little water left in the bottle.

「瓶子裡幾乎沒有水。」

【注】如果「還有一些水」，用 a little water。

◎ 會考的不可數名詞

time「時間」/ advice「忠告」/ capital「資本」/ furniture「家具」/ research「研究」/ information「資訊」/ software「軟體」/ cash「現金」/ equipment「設備」/ baggage「手提行李」/ luggage「行李」/ evidence「證據」/ cooperation「合作」

2 〈few ＋可數名詞〉「幾乎沒有～」

Few people came to the job interview.

「幾乎沒人來參加工作面試。」

【注】如果「有一些人來」，用 a few people。

3 〈any ＋可數單複數名詞 / 不可數名詞〉

any mistakes「任何錯誤」/ any other comments「任何其他的評論」/ any help「任何幫助」等。

If you find any errors, correct them.

「如果你發現任何錯誤，要訂正。」

Any information you can give me would be helpful.

「你提供給我的任何資訊都是有幫助的。」

4 〈no ＋可數單複數名詞 / 不可數名詞〉

no games「沒有遊戲」/ no damage「沒有損傷」/ There's no reason (to do it).「沒有（做這個）的理由」等。

There are no rooms available now.

「現在沒有空的房間。」

No damage to the ship has been reported.

「截至目前的報告，這艘船沒有任何損傷。」

以上四項是從文意及用法來考要選擇 any / no / little / few 何者才對的出題方式。而和 no 有關的題目有以下三種。

❶ None of the emails was for me.

「這些電子郵件沒有一封是要發給我的。」

【注】none 是「（事物或人）一個也沒有」的代名詞。

❷ Our wages will never become higher than they are now.

「我們未來的薪資決不會比現在的高。」

【注】never 是「決不～」

❸ The documents on the desk have hardly been looked at.

「桌上的這些文件幾乎沒被看過。」

【注】hardly 是「幾乎沒有」

出題頻率 2　need 的用法

只需記住〈need to be ＋動詞的過去分詞〉「需要被～」即可。

The proposal needs to be double-checked.

「這份企劃案需要再檢查過。」

出題頻率 3　remain 的用法

記住〈remain to be ＋動詞的過去分詞〉以及〈remain ＋形容詞〉兩種形式。

1 The majority of the shipping remains to be done.

「大半的出貨尚未完成。」

2 The terms of the agreement remain unsettled.

「這份合約的條件仍未定。」

出題頻率 4　decide 的用法

只要記下 decide to do「決定做～」即可。

We have <u>decided not to</u> order the B250 plane.

「我們已經決定不訂購 B250 的飛機。」

出題頻率 5　otherwise 的用法

記住副詞 otherwise = except for what has just been said「除此之外～；否則～」

The truck needs new tires, but <u>otherwise</u> it's in perfect condition.

「這輛卡車需要換新輪胎，除此之外，是處於最佳狀況。」

Ahn strongly supported the plan that might <u>otherwise</u> have been neglected.

「要不是安強烈地支持這項計畫的話，它已經要被置之不理了。」

（關係代名詞 that 的先行詞是 plan）

4　詞性和用法理解

在 Part 5「單句填空」中，要先從文法的功能來判斷形容詞、副詞、動詞和名詞這四者中何者是最適當的，接著再研判特定用法。此類考題出乎意料的多。根據分析結果，在全部 40 題中占了 10 ～ 15 題。底下依詞性逐一做說明。

出題頻率 1　形容詞及其用法

記住以下兩點就可以找到正確答案。

① 名詞之前的 V-ing ◀──▶ V-ed

多益測驗最常考的題目之一就是名詞前面的形容詞是要用 V-ing 還是 V-ed。在前文（p.191）已經學過置於名詞之後的現在分詞（V-ing）和過去分詞（V-ed）的用法。這次解說的是置於名詞前面的例子，觀念是相通的。

an exciting game ←——————————→ **an excited crowd**

「令人興奮的遊戲」   「興奮的群眾」

因為 game「遊戲」令人興奮，所以用現在分詞 exciting。

→ **a game that excites people**

「群眾」是被什麼所興奮，所以用過去分詞 excited。

→ **a crowd who is excited by something or someone**

damaging effects ←——————————→ **damaged goods**

「有害的影響」   「損壞的物品」

看了以上的例子應該有一定的了解了吧。當名詞是「做～」的一方，即「做動作者」時，用 V-ing 形式的形容詞。反之，當名詞是「被～」的一方，即「接受動作者」時，用 V-ed 形式的形容詞。在實際使用上，V-ing 形式的形容詞占了九成的比例。

接著用句子來進一步確認。

▶ **過去分詞的形容詞**

　Foreign-trained executives are in short supply, but in great demand.

　「受過海外訓練的幹部供給短缺，但需求很高。」

　　➡ 主要是考修飾名詞的形容詞這項文法知識，接著考 V-ing 和 V-ed 的用法。

▶ **現在分詞的形容詞**

　The apartment doesn't have running water.

　「這棟公寓沒有自來水。」

　　【注】running water 是指自來水。

② 作為慣用語一部分的形容詞

底下 10 個是最常考的、包含在慣用語中的形容詞。

1. be <u>responsible for</u>「對～有責任」
2. be <u>capable of</u> (doing it)「有能力做～」
3. be <u>involved in</u> ～「捲入～；涉入～」
4. be <u>indicative of</u> (a change)「顯示（變化）」
5. be <u>essential to</u> (our success)「（我們成功）所不可欠缺的」
6. be <u>subject to</u> (change)「受（變更）的影響」
7. be <u>aware of</u> (the risks)「察覺（危險）」
8. be <u>critical of</u> (the plan)「批評（計畫）」
9. be <u>characteristic of</u> (the market)「（市場）的特徵」
10. be <u>considerate of</u> (others)「考慮（他人）」

Many researchers <u>are critical of</u> the theory.

「許多專家批評這個理論。」

➡ 考試重點一是 be 動詞後面的形容詞用法；重點二是 critical「批判的」這個形容詞是和介系詞 of 搭配使用。

出題頻率2 ▶ 副詞及其用法

只要記住以下三項用法，就可以正確作答。

1 **修飾動詞的副詞**

The Convention Center is <u>conveniently</u> located in the business area.

「會議中心是位於商業區的便利位置。」

➡ 修飾動詞過去分詞 located 的是副詞，單字 convenient「方便的」的副詞是 conveniently。

2 **修飾形容詞的副詞**

He made the complex process <u>easily</u> understandable.

「他將複雜過程變得簡單易懂。」

➡ 修飾形容詞 understandable「容易理解的」的是副詞，單字 easy 的副詞是 easily「簡單地」。

3 〈副詞＋形容詞＋名詞〉的排列

The government reported seasonally adjusted export data yesterday.

「政府昨天宣布季節性調整後的出口數據。」

➡ 修飾名詞 export data「出口數據」的是形容詞 adjusted「已經調整的」。而修飾形容詞的是副詞，seasonal「季節的」的副詞是 seasonally「季節地」。

出題頻率 3 ▶ **動詞及其用法**

請了解以下兩點用法。

---

1 **固定的〈動詞＋名詞〉搭配用法**

<u>place an ad</u>「登廣告」

<u>pay attention to (market risk)</u>「注意（市場風險）」

<u>set a date</u>「定日期」

<u>set guidelines</u>「設定指導原則」

<u>run a risk (of it)</u>「冒著～的風險」

<u>make a decision</u>「下決定」

<u>launch a summer sales campaign</u>「推出夏日銷售活動」

<u>cause the pain</u>「引起疼痛」

<u>stay open</u>「（店鋪）還開著」

<u>make an argument</u>「展開辯論」

<u>set our sights (on depression)</u>「我們傾全力（在憂鬱症的治療上）」

<u>conduct a survey</u>「調查」

The chief executive made an important decision.

「執行長做了一個重要的決定。」

➡ 考試重點在從四個選項中選出動詞，接著是了解和名詞 decision「決定」搭配使用的動詞是 make。

② **反身代名詞**

請記住以下五個反身代名詞的用法。假設主詞是 She 。

1. **considers herself talented**「認為自己有才幹」
2. **finds herself helpless**「發現自身孤獨無助」
3. **defends herself**「自我防衛」
4. **applies herself to**「埋首於～；專心致力於～」
5. **asserts herself (in the job interview)**「（在工作面談時）明確表達自己」

Dan considers himself a highly skilled negotiator.
「丹認為自己是一位技巧純熟的談判專家。」

　● 先從詞性的功能來研判 himself ／ herself ／ themselves 等反身代名詞前面的空格內要放什麼才能構成句子。再來是注意句中沒有動詞。接著是找出對應反身代名詞的動詞時態。上述五個用法中最常考的是 consider oneself 。

出題頻率 4 **名詞及其用法**

請記住以下兩點用法。

① 〈the 名詞＋ of ～〉的用法

　the rising popularity of MBA courses「MBA 課程的高人氣」

　the process of growth「成長過程」

　the amount of exercise「運動量」

　the effects of climate change「氣候變化的影響」

　the value of the deal「交易的價值」

　記住〈the 名詞＋ of ～〉的用法。重點在名詞。

Technology is in the process of rearranging the way people think.
「科技不斷地改變人們思考的方式。」

　● 記住 the 和 of 之間只能用名詞。

② 包含於慣用語中的名詞

in accordance with (the rule)「按照（規則）」
on duty「執勤中」
in terms of gross profit「從毛利的觀點來看」
play a major role「扮演重要的角色」
as a consequence「因此；結果」
be in a position「基於～立場」
at her disposal「任她處置」
(the hotel) of your choice「你選擇的（旅館）」
as a whole「整體上」

The auto market as a whole is strong.
「汽車市場整體上是強勁的。」
➡ 有時會考包含在慣用語中的名詞。

5-2　模擬測驗 Practice Test

前面已經完成七成對應 Part 5「單句填空」的必要基礎訓練，如果能再加強單字力，將可以答對九成以上的考題。接下來試做底下 20 道模擬試題（實際考試是 40 題），我們刻意省略只靠單字力就可以解答的題目，而集中在文法、語法及慣用語方面的題目。

每一題請在 20 秒內作答完畢。 20 題請在 7 分鐘內答完。

READING TEST

In the Reading test, you will read a variety of texts and answer several different types of reading comprehension questions. The entire Reading test will last 75 minutes. There are three parts, and directions are given for each part. You are encouraged to answer as many questions as possible within the time allowed.

You must mark your answers on the separate answer sheet. Do not write your answers in the test book.

PART 5

Directions: A word or phrase is missing in each of the sentences below. Four answer choices are given below each sentence. Select the best answer to complete the sentence. Then mark the letter (A), (B), (C), or (D) on your answer sheet.

101. This is an industry that has been in ------- of a restructuring at all levels.

(A) need
(B) needs
(C) needed
(D) needful

Ⓐ Ⓑ Ⓒ Ⓓ

102. Power Energy Ltd., ------- will be distributing the testing kits, aims to get them to market by autumn.

(A) who
(B) that
(C) which
(D) whose

Ⓐ Ⓑ Ⓒ Ⓓ

103. Ms. Janice Lee is ------- the supermarket around the corner.

(A) giving
(B) doing
(C) running
(D) being

Ⓐ Ⓑ Ⓒ Ⓓ

104. According to a survey ------- last week, our brand is the most widely known in the country.

(A) conduct
(B) conducted
(C) conducting
(D) to conduct

Ⓐ Ⓑ Ⓒ Ⓓ

105. Everyone on the staff must work on the project ------- a period of time.

(A) in
(B) at
(C) of
(D) for

Ⓐ Ⓑ Ⓒ Ⓓ

106. All new college graduates will be carefully ------- before getting an interview.

(A) screen
(B) screens
(C) screened
(D) screening

Ⓐ Ⓑ Ⓒ Ⓓ

107. The elevator needs ------- regularly for safety reasons.

(A) to service
(B) to be serviced
(C) in servicing
(D) in service

Ⓐ Ⓑ Ⓒ Ⓓ

108. Now online learning and other innovations are driving down the ------- of training.

(A) cost
(B) to cost
(C) costly
(D) costliest

Ⓐ Ⓑ Ⓒ Ⓓ

109. A ------- man will grasp at any straws.

    (A) drown

    (B) drowned

    (C) drowning

    (D) to drown

                      Ⓐ Ⓑ Ⓒ Ⓓ

110. Due ------- the hurricane, all the schools will be closed tomorrow.

    (A) at

    (B) for

    (C) over

    (D) to

                      Ⓐ Ⓑ Ⓒ Ⓓ

111. This software program was ------- designed for our database.

    (A) specify

    (B) specific

    (C) specifically

    (D) specification

                      Ⓐ Ⓑ Ⓒ Ⓓ

112. We have an ------- plan to safeguard our customers' data.

    (A) act

    (B) acted

    (C) active

    (D) actively

                      Ⓐ Ⓑ Ⓒ Ⓓ

113. A pair of studies ------- this theory was announced last week.

    (A) support

    (B) supported

    (C) supportive

    (D) supporting

                            Ⓐ Ⓑ Ⓒ Ⓓ

114. If I had known the job was so difficult, I would ------- more.

    (A) charge

    (B) charged

    (C) being charged

    (D) have charged

                            Ⓐ Ⓑ Ⓒ Ⓓ

115. Her boss was late, so Nandra met with the clients ------- .

    (A) her

    (B) herself

    (C) itself

    (D) themselves

                            Ⓐ Ⓑ Ⓒ Ⓓ

116. We should ------- an advertisement to attract candidates for the position.

    (A) do

    (B) place

    (C) make

    (D) take

                            Ⓐ Ⓑ Ⓒ Ⓓ

117. India, which gave so much to Britain in the colonial era, ------- a foothold in London fashion.

(A) has

(B) have

(C) to have

(D) having

Ⓐ Ⓑ Ⓒ Ⓓ

118. Most deals are long-term leases with ------- guarantees.

(A) little

(B) small

(C) few

(D) much

Ⓐ Ⓑ Ⓒ Ⓓ

119. Rainwater is collected and ------- in large tanks to provide drinking water.

(A) store

(B) stored

(C) to store

(D) storing

Ⓐ Ⓑ Ⓒ Ⓓ

120. ------- it has been a museum for the past 50 years, the building was originally built as a temple.

(A) Although

(B) Since

(C) As

(D) Unless

Ⓐ Ⓑ Ⓒ Ⓓ

閱讀測驗

在閱讀測驗中，你將會讀到各式各樣的句子，並回答不同類型的閱讀理解題。閱讀測驗長達七十五分鐘，由三個 Part 組成，每一個 Part 都附有「作答說明」（Directions）。在時間允許的範圍內，你應該盡可能地作答。

你必須在另外一份答案紙上塗黑答案，不能在試題本上直接作答。

PART 5

說明： 下列每個句子都有一個要填入單字或片語的空格，每一句並有四個答案選項可供選擇。選出最適切的答案完成句子，然後塗黑答案紙上 (A), (B), (C), (D) 中的一個選項。

【解答】　101. (A)　　102. (C)　　103. (C)　　104. (B)　　105. (D)
　　　　　 106. (C)　　107. (B)　　108. (A)　　109. (C)　　110. (D)
　　　　　 111. (C)　　112. (C)　　113. (D)　　114. (D)　　115. (B)
　　　　　 116. (B)　　117. (A)　　118. (C)　　119. (B)　　120. (A)

101. 包含名詞的慣用語——考詞性和用法　　　　　　　　解答 (A)

解說 be in need of ～「需要～」是常考的慣用語。 need 是名詞，因為它位於介系詞 in 的後面。請記住這種包含在慣用語中的名詞。

中譯 ▶ 此產業有必要在所有的階段進行重組。

102. 關係代名詞的用法——考逗號後面接 which 的用法　　解答 (C)

解說 利用基本規則 10 秒就可正確作答。先行詞「Power Energy 公司」是物，加上後面又直接接逗號，所以可判斷正確答案是 which 。如果先行詞是人，答案就是 who ，但多益測驗九成以上是考「物・which」的題型。

中譯 ▶ Power Energy 公司雖然打算經銷檢測組件（或測試器材），但要秋天才上市。

103. 動詞 run「經營」——考動詞的另一種意思　　　　　解答 (C)

解說 run 有「經營（商店）」的意思。另外，carry sporting goods 是「有販售運動用品」／ address the issue 是「處理此問題」，將它們一併記下。

中譯 ▶ 珍納斯・李小姐經營轉角的那間超市。

104. 過去分詞的用法——考會不會與現在分詞混淆　　　解答 (B)

解說 若改寫成 a survey that was conducted last week「上週實施的調查」，可知 (B) 為正確答案。 conduct a survey「做調查」是〈動詞＋名詞〉的固定搭配用法。

中譯 ▶ 根據上週實施的調查結果，本公司的品牌知名度是國內最高的。

105. 純粹的介系詞問題——考表示期間的介系詞　　　解答 (D)

解說 表示期間的介系詞是 for 。如果是「一小時，一小時後」則用 in ，例如 finish the papers in an hour「一小時內做完作業」或 be back in an hour「一小時後回來」等。

中譯 ▶ 此部門的所有成員必須參與此企劃一段期間。

106. 被動語態的問題——考〈be 動詞＋過去分詞〉　　　解答 (C)

解說 被動語態是常考題。實際作答時，請注意〈be 動詞＋副詞（片語）等的連接＋動詞的過去分詞〉的用法。若不能立刻察覺是被動，很容易因為副詞（片語）而卡住。 will be screened「被審核」是基本形。

中譯 ▶ 所有的大學畢業生在進入面試前都會被謹慎地審核。

107. need 的用法——考被動形式　　　解答 (B)

解說 只要記住〈need to be ＋動詞的過去分詞〉，即可在 10 秒內正確作答。 The question remains to be answered.「此問題尚未被解答」，其中的 remain 和其他「構成被動的特殊動詞」都常會考到。

中譯 ▶ 電梯基於安全的理由必須定期進行檢查。

Part 5 單句填空

213

108. 〈the＋名詞＋of～〉的固定用法──考簡單的句型　　解答 (A)

解說 如果知道〈the ○○ of～〉中的○○基本上只能填入名詞，很快可以找到正確答案。問題中的 cost 雖然是名詞，但也有動詞用法，例如 The bed cost me 100 euros.「這張床花我 100 歐元。」

中譯 ▶ 現在拜線上學習及其他創新技術之賜，訓練費用變便宜了。

109. 現在分詞的形容詞──考分詞的用法　　解答 (C)

解說 因為 man 是「做動作者」，所以這裡的 drown 要用現在分詞的形式，即 drowning。

中譯 ▶ 淹死的人會抓住任何稻草（比喻狗急跳牆）。

110. 慣用語──考最常出現的 due to～　　解答 (D)

解說 due to～是「基於～原因（理由）」，不論在句首或句尾都經常會考到。請一邊注意慣用語的介系詞，一邊用嘴巴念出聲來，記下它們。

中譯 ▶ 因為颱風，所有的學校明天都會停課。

111. 副詞──考修飾動詞的詞性　　解答 (C)

解說 即使不知道選項中單字的意思，也可靠文法知識來正確作答。was 和 designed 之間只能插入副詞，理由是要用副詞來修飾動詞的過去分詞 designed。這是固定的文法規則。

中譯 ▶ 這個軟體程式是針對本公司的資料庫而特別設計的。

112. 形容詞──考修飾名詞的是形容詞　　解答 (C)

解說 〈形容詞＋名詞〉的問題每次都會出一題，請一定要得分。

中譯 ▶ 為保護顧客資料，我們有一項積極的對應。

113. 分詞的用法──考名詞後面要用現在分詞 解答 (D)

解說 studies that support this theory 變成 studies supporting this theory。主體 (studies)「支持這個理論」，所以是「做動作者」，要用現在分詞。對於分詞的用法應該已經熟悉了吧。

中譯 ▶ 上週有兩份支持這個理論的研究報告。

114. 假設語氣的過去完成式──考它的基本句型 解答 (D)

解說 此一問題是考基本句型。If I had known ～, I would have charged more. 是基本的假設語氣的過去完成式。應用句型為 Had I known ～, I would have charged more. ／ I would have charged more, had I known ～。請加以牢記。

中譯 ▶ 要是我早知道工作這麼難，收費就會高一些。

115. 反身代名詞──意思是「自己」，依主詞決定反身代名詞的形式
解答 (B)

解說 雖然一開始不知道 Nandra 的性別，但從 Her boss「她的上司」研判是女性。主詞是 she，反身代名詞為 herself。

中譯 ▶ 由於她的上司遲到，所以蘭多拉自己去招呼客戶。

116. 單字和單字的搭配──考〈動詞＋名詞〉的固定搭配用法 解答 (B)

解說 很難想像「登廣告」的動詞是 place 吧。請記住常考的〈動詞＋名詞〉的固定搭配用法。

中譯 ▶ 我們應該刊登廣告以吸引應徵者來應徵此職位。

117. 主詞和動詞的一致性──故意將主詞和動詞分隔得比較遠　解答 (A)

解說 主詞是 India。那動詞呢？由於主詞是單數，動詞要用第三人稱單數是基本的文法規則，但本題將主詞和應填入動詞的空格分隔得較遠來混淆考生。這樣的題目每次都會考一題。有時雖是被動，也會設下陷阱將主詞與動詞分隔開來，請多加留意。

中譯 ▶ 殖民地時期對英國有諸多貢獻的印度，在倫敦時尚界有其立足點。（has a foothold「立足點」）

118. 可數 / 不可數的用法──考〈few＋可數名詞〉　解答 (C)

解說 先確定 little / much 後面接不可數名詞的文法規則。此外，雖然我們會用 a small income「微薄收入」/ a small business「小型企業」，但 guarantees「保證」習慣上不用 small。

中譯 ▶ 大部分的交易都是幾乎沒有保證的長期租賃合約。

【注】也就是說合約可能隨時被中止，也可能更新或延長。土地或房屋的租賃，因國情而異，可能會碰上這類的合約。

119. 被動語態的並列用法──被動語態常會考到　解答 (B)

解說 本題是 and (rainwater is) stored 的省略。請一併記下被動語態的並列用法。在多益測驗的文法問題中，可斷定動詞最常考的是被動語態，至少會出 2～3 題，但切莫因為太簡單而犯錯。

中譯 ▶ 雨水被收集並儲存在一個大槽內，作為飲用水之用。（store「儲存～」）

120. 連接詞──考合乎文意的連接詞　解答 (A)

解說 一看到四個選項就知道是考連接詞，從中選擇一個合乎文意的，本題以 (A)「雖然～」最適合。

中譯 ▶ 這棟建築雖然過去五十年來都被當成博物館，但它原來是間寺廟。

Part 6

Text Completion

短文填空

原本是「挑錯題」的 Part 6，在新多益測驗改成了「短文填空」，其測驗形式如下：

> ▶ 3 篇 1 頁長的文章。
>
> ▶ 每篇文章各段落穿插 4 個要填入的空格。
>
> ▶ 總題數是 12 題。

另外，根據《TOEIC® 新官方題庫》分析結果，Part 6 的應考策略如下。

只需閱讀空格所在的句子，即可正確作答。也就是說，不會有一定要閱讀前後文句才能解答的題目。

至於空格處要填入的單字，若具備 Part 5「單句填空」的單字力、文法力，以及對詞性及其用法有一定的理解，則所有的題目均可正確作答，所以 Part 6 可以說是將 Part 5 的句子拉長而已，本質上是一樣的。

必須注意的是，由於 Part 6 是新多益測驗的新單元，所以出題方式還在持續調整中，究竟出題核心為何，現在還不是那麼明確。

如果能在 Part 5「單句填空」中，全盤地理解「文法」「詞性和用法」，同時加強動詞和名詞的語彙能力，應該就足以應付 Part 6「短文填空」的題目；至少也能答對七成。

接下來請實際做做看底下的兩篇「短文填空」題。

6-2　模擬測驗 Practice Test

每一題要在 20 秒內作答完畢，兩篇「短文填空」共計 8 題，至多花 3 分鐘的時間就要全部答完。開始前請準備計時，以便做好時間管理。

PART 6

Directions: Read the texts that follow. A word or phrase is missing in some of the sentences. For each empty space in the text, select the best answer to complete the text. Then mark the letter (A), (B), (C) or (D) on your answer sheet.

▌作答說明中譯▐

PART 6

說明：閱讀底下的文章。有些句子中會有一個要填入單字或是片語的空格。選出最適合填入空格的答案，然後塗黑答案紙上 (A), (B), (C), (D) 中的一個選項。

From: Sarah Palito (sarahp@arrowcrest.com)
To: Harrison Pinkston (harrison@intertravel.biz)
Date: Monday, March 20th, 2006
Subject: Tour questions

Mr. Pinkston,

We spoke on the phone yesterday about a tour to Central America that you are organizing for this summer. While you answered most of my questions in our chat, there are still a _____ of things I'm not clear on.

141. (A) few
(B) some
(C) couple
(D) serveral

First, you mentioned at the time that the tour included the cost of travel insurance, in _____ I had some kind of medical problems during the trip.

142. (A) one
(B) case
(C) time
(D) place

I already have medical insurance. I checked with my agent and she says it already covers emergency care in a foreign country, as well as return transportation. Can I get a _____ price on the tour, without insurance coverage?

143. (A) less
(B) least
(C) lower
(D) lesser

Second, you mentioned side trips to several historical sites of the Mayan and Inca cultures. Are those trips _____ in the cost of the tour, or does that cost extra?

144. (A) set
(B) part
(C) besides
(D) included

I'd appreciate it if you would get back to me promptly, so I can make some decisions and start planning for the trip.

Sarah Palito

A Memo from the Desk of Jeremy Entwhistle

To: All Senior Executives   Date: January 14th, 2006
Concerning: Merger rumors

I have heard _____ the grapevine that rumors of a deal to merge with

        145. (A) by
            (B) from
            (C) about
            (D) through

Morton Aeronautical Engineering are currently spreading through the company. I want to assure everyone that no deals have been made _____ do I expect any will be.

        146. (A) nor
            (B) not
            (C) none
            (D) neither

It is true that we have had talks with Morton about possibly cooperating on some government contracts; contracts that might be too much for either of us to take on alone. But _____ joint venture would be a temporary alliance, not a merger.

        147. (A) a
            (B) at
            (C) any
            (D) none

It is always possible that in the future we would consider a merger with a competitor, if it made sense from a business perspective. If that were to happen, I would be sure to keep _____ you informed.

        148. (A) all
            (B) all of
            (C) by all
            (D) almost

We have a long history here at Entwhistle Aircraft Design, and I'm sure we will have a bright and successful future as well.

Jeremy Entwhistle

President
Entwhistle Aircraft Design

【解答】 141. (C)　　142. (B)　　143. (C)　　144. (D)　　145. (D)
　　　　　146. (A)　　147. (C)　　148. (B)

141. 慣用語──純粹考慣用語，以 10 秒作答　　　　　　解答 (C)

解說　a couple of ～「二、三個的～」是基本慣用語。根據分析結果，慣用語每次都會出兩題左右。只需理解空格所在的那句英語，即可從容回答。

空格句中譯 ▶ 儘管你在談話之中回答了我大部分的問題，但仍然有二、三個問題我不是很清楚。

142. 用法的理解──〈in case S ＋ V〉的用法　　　　　解答 (B)

解說　〈in case S ＋ V〉的用法如 In case you need this, let me know.「要是你需要這個的話，請與我聯絡」。本題可從文意和用法來找出正確答案。用法的理解每次都會考一題。

空格句中譯 ▶ 第一，你當時提到這個旅遊包括旅遊保險的費用，以防我在旅遊期間中發生某些醫療問題。

143. 對形容詞的理解──考「價格再便宜點」該如何表現　　解答 (C)

解說　價格（price）「太高」可以用 high，反之若太低，可以用 low。名詞如 income「收入」／ cost「費用」／ speed「速度」／ tax「稅」／ rate「比率」／ level「水準」／ standards「標準」等都經常和形容詞 high ／ low 搭配使用。形容詞的用法每次都會考一題。

空格句中譯 ▶ 如果我不投保的話，團費可以便宜一點嗎？

144. 被動──雖是被動語態題目，但靠單字力決勝負　　解答 (A)

解說　這句「這些附加行程是包含在團費裡，還是需要額外收費呢？」所以要用 Are ～ included 的形式，但這題是單字力的問題。填入動詞的題目，在 12 題中會出 3 ～ 4 題。 besides 是介系詞，意思為「除～之外」。

空格句中譯 ▶ 這些附加行程是包含在團費裡，還是需要額外收費呢？

145. 慣用語──強化常考慣用語的實力，以 10 秒決勝負　　解答 (A)

解說　稍難的問題。〈hear from ＋人〉雖有「來自某人的信；詢問某人的見解」之意，但「聽到傳聞」是用 heard through [on] the grapevine，請記下來。

空格句中譯 ▶ 聽說關於與摩頓航空工程公司合併一事的傳聞，近來正在公司四處蔓延。

146. 否定的連接詞 nor──考是否記得句型　　解答 (A)

解說　前有 no ／ never ／ not 等否定字，接著要講「也沒有～」時，要用 nor。請注意〈nor ＋（助）動詞＋主詞〉的連接順序。另外像 neither A or B「既非 A 也非 B」的應用形也要注意，如 Ron can't ski, nor can I.「隆不會滑雪，我也不會」；Matt was not at the staff meeting, nor was Paula.「麥特未出席部門會議，寶拉也沒有出席。」的〈（助）動詞＋主詞〉連接順序。連接詞在 12 題中會考 1 題。

空格句中譯 ▶ 我明確告訴各位，既沒有這種交易，我也沒有這種打算。

147. 形容詞 any──記住 any 的用法　　解答 (C)

解說　在肯定句中用〈any ＋單數名詞〉「任何○○；什麼都」，強調的是○○的名詞。 Any staffer can sign up for the seminar.「任何一位成員都可以參加研

習會。」none 是「任何○○都不；一個也不」，例如 none of the joint ventures 「沒有任何企業合資」。

空格句中譯 ▶ 但任何企業合併都只是暫時的，並非合併。

148. 修飾複數名詞的 all ──記住 all 的用法，以 10 秒解答　　解答 (B)

解説 all of you [them／us] 在文法上是修飾複數名詞。但在考試時也會出現 all of the deals／all the deals「所有交易」的形式。All of the museums [All museums] provide education. 是「所有的美術館都提供了某種教育。」；keep + 人 + informed 是「通知（人）」。

空格句中譯 ▶ 萬一真的發生那樣的事，我一定會通知大家。

做完新登場的 Part 6「短文填空」，感想如何？是不是覺得比想像中簡單呢？不過還是要提醒大家注意下面三點：

❶ 不必從頭到尾細讀整篇文章

　　不論是 Part 5「單句填空」或 Part 6「短文填空」，每一題的作答時間都是 20 秒。否則會沒有充分的時間來回答 Part 7「文章理解」的題目。

❷ 只讀空格所在的那一句即可作答

　　只要讀懂空格所在的那個句子，即可正確作答。不讀前後句子就無法在選項中選出答案的題目，目前並未出現。

❸ 不必在意段落的長度，集中注意力在選項上

　　選項是解題的提示。如第 144 題的選項，排列了四個不同性質的單字，代表是考單字力。第 141 題的〈a ～ of〉是考慣用語。第 142 題的選項也是不同性質的單字，題目是問〈～ S + V〉，所以是考用法・構句。另外，如第 146 題，當選項同性質時，是在考用法。

短文中譯

寄件者： 莎拉・寶莉托（sarahp@arrowcrest.com）

收件者： 哈利遜・品克斯頓（harrison@intertravel.biz）

日期： 2006 年 3 月 20 日，星期一

主旨： 關於旅遊問題

品克斯頓先生，

我們昨天曾在電話中談到貴公司今年夏天正在企劃的中美洲之旅。儘管你在談話之中回答了我大部分的問題，但仍然有二、三個問題我不是很清楚。

第一，你當時提到這個旅遊包括旅遊保險的費用，以防我在旅遊期間發生某些醫療問題。

我已經有醫療保險。我問過我的保險經紀人，她說我的保險有包含海外的緊急醫療救護及返國運送。如果我不投保的話，團費可以便宜一點嗎？

第二，你提到要順道走訪幾處馬雅和印加文化遺跡。這些附加行程是包含在團費裡，還是要額外收費呢？

如果你能儘早回覆，我會很感激。如此一來，我就能做出決定，並安排我的旅遊計畫。

莎拉・寶莉托

▌短文中譯▐

來自傑若米‧安特惠斯辦公室的備忘錄

收件者：所有資深幹部　　　　　　　　日期：2006 年 1 月 14 日
關於：合併的謠傳

我已聽說關於與摩頓航空工程公司合併的傳聞，近來正在公司四處蔓延。我明確告訴各位，既沒有這種交易，我也沒有這種打算。

的確，我們曾經與摩頓公司討論過共同合作以取得政府合約的可能性。對我們任何一方而言，獨自取得合約負擔都太重了。但任何合作事業都只是暫時的，並非合併。

基於商業觀點的考量，我們在未來有可能會與競爭對手合併。而如果真的發生，我一定會通知大家。

安特惠斯航空器設計公司已經有悠久的歷史，我相信我們會有一個亮麗且成功的未來。

傑若米‧安特惠斯
總裁
安特惠斯航空器設計公司

Part 7

Reading Comprehension

文章理解

新多益測驗的 Part 7「文章理解」有大幅度的變動，在題型部分出現以下三點改變：

- 題數變成 48 題，比舊多益測驗多了 8 題。
- 題型由前半部的 Single Passage（單篇文章理解）和後半部的 Double Passage（雙篇文章理解）組合而成。
  - → Single Passage： 153 ～ 180 題，與舊多益測驗一樣，共 28 題。
  - → Double Passage： 181 ～ 200 題。新題型，考生先讀兩段文章再回答 5 道相關問題。總共有四個題組， 20 道問題。
- Single Passage 附 4 道問題的題組中，有時候其中一個問題會是問單字的意思。

以上三點是題型上的改變，而文章篇幅拉長，則是另一項大的變動。

根據《TOEIC® 新官方題庫》的分析結果，文章字數如下：

Single Passage：附 2 道問題的文章長度	130 ～ 155 字
Single Passage：附 3 道問題的文章長度	161 ～ 260 字
Single Passage：附 4 道問題的文章長度	162 ～ 315 字
Double Passage：附 5 道問題的文章長度	199 ～ 365 字

Part 7 的新題型

新多益測驗中出現了許多舊多益測驗不太會考的問題。文章篇幅變長和問題變多這兩點，可說是新多益最大的改變。

以下是根據《TOEIC® 新官方題庫》分析後所得出的 9 種新登場的問題與出題頻率。

1. 含 NOT 的問題

What is NOT listed in the schedule?

「何者不被列入進度表內？」

- **Single Passage** ──────────── 5～7題
- **Double Passage** ──────────── 1～2題

2. 含 the (main) purpose 的問題

What is the (main) purpose of the email?

「電子郵件的主要目的為何？」

- **Single Passage** ──────────── 1～3題
- **Double Passage** ──────────── 1～2題

3. 含 inferred 的問題

What can be inferred about the time frame?

「有關時間範圍我們可由何者做出推論？」

- **Single Passage** ──────────── 0～1題
- **Double Passage** ──────────── 0～3題

Part 7　文章理解

4. 含 implied 的問題

What is implied about the tax?

這稅金暗示了什麼？

- **Single Passage** —————————————— 0～1 題
- **Double Passage** —————————————— 0～1 題

5. 含 subject 的問題

What is the subject of the notice?

這個通知的主題為何？

- **Single Passage** —————————————— 0 題
- **Double Passage** —————————————— 0～1 題

6. 含 mainly about 的問題

What is the article mainly about?

這篇文章主要是關於何事？

- **Single Passage** —————————————— 0～1 題
- **Double Passage** —————————————— 0 題

7. 含 suggested about 的問題

What is suggested about weight and health?

關於體重及健康，有什麼建議被提出嗎？

- **Single Passage** —————————————— 0 題
- **Double Passage** —————————————— 0～1 題

8. 含 probably 的問題

What will Ms. Blass probably do when she gets back?

當布雷斯小姐回來後，她可能會做什麼事？

- **Single Passage** —————————————— 0 題
- **Double Passage** —————————————— 0～1 題

9. 含 both 的問題

What type of products do both of these companies make?

這兩間公司製造何種產品？

- **Single Passage** ————————————————— 0 題
- **Double Passage** ————————————————— 0～2 題

Part 7

文章理解

7-1 解題策略剖析

接著說明有關解題速度的策略。

① Part 7「文章理解」的最大答題重點

⊖ 由於文章的篇幅變長，要多花點時間才能在文章中找到解題的線索。而為了要答完所有的問題，必須訓練自己在 30 秒內快速找到解題線索。

② 在內文中找到解題線索的最快方法

⊖ 將題目中的詞彙當成「關鍵語」，據此到各段落開頭的第一句和最後一句搜尋線索，這可以說是最快速的方法。而這項簡單的技巧可作為 Part 7「文章理解」的有效應考策略。

1　1 題用 1 分鐘解答

試做次頁的題目，練習利用「關鍵語」來找出正確答案。而底下的時間管理則至關重要。

- 1 題在 1 分鐘內作答。
- 3 題在 3 分鐘內答完。

此外，解題的步驟如下：

- 先瀏覽問題→到文章中搜尋解題線索。

Questions 153 through 155 refer to the following advertisement.

Why pay top dollar for a downtown real estate that doesn't suit your needs?

Three Rivers Business Park has office and industrial suites available for a fraction of the cost of a fancy address downtown.

Our suites are designed for business, with industrial code electrical and water systems, ultra high-speed Internet and expandable telephone infrastructures. Three Rivers also offers parking, loading and storage facilities that downtown addresses just can't match.

If you need a modern, convenient, affordable base for light manufacturing, warehousing or back office operations, come to Three Rivers Business Park for a free tour. We'd be happy to show you how quickly you can have your business up and running.

Three Rivers Business Park, on Halifax Highway, ten minutes from both the airport and the railroad terminal, and just twenty minutes from downtown.

Part7

文章理解

153. Which of these does Three Rivers Business Park NOT offer its customers?

(A) An impressive address
(B) Extensive storage space
(C) A sturdy electrical system
(D) Broadband Internet service

Ⓐ Ⓑ Ⓒ Ⓓ

154. How long does it take to drive to Three Rivers Business Park from the airport?

(A) Five minutes
(B) Ten minutes
(C) Twenty minutes
(D) Thirty minutes

Ⓐ Ⓑ Ⓒ Ⓓ

155. What is the purpose of the free tour?

(A) To deliver goods to the airport
(B) To demonstrate the convenience of the suites
(C) To collect information about clients
(D) To expand the telephone infrastructure

Ⓐ Ⓑ Ⓒ Ⓓ

解析

問題中的關鍵語如下所示：

153 題 ➡ 有 Three Rivers Business Park / NOT / offer its customers 三個
　　　　關鍵語。

154 題 ➡ 有 How long（時間）/ Three Rivers Business Park / from the
　　　　airport 三個關鍵語。

155 題 ➡ 有 free tour 一個關鍵語。

請將這些關鍵語當成工具，俐落地在文章內搜尋解題線索。

從時間管理的角度來看，可先從簡單的問題開始作答，**以本大題為例
依序是 154 題 → 155 題 → 153 題**。

154. 以時間為關鍵語在 30 秒內作答　　　　　　　　解答 (B)

解說 碰到和時間、日期等數字有關的問題時，記下這些數字作為關鍵語，
然後去瀏覽文章。文章最後一段包含了 Three Rivers Business Park / ten
minutes / from both the airport 的所有關鍵語，由此判斷此句為解題線索，進
而從選項中找到正確答案。

155. 用關鍵語 free tour 快速擷取線索　　　　　　　　解答 (B)

解說 認不認識單字都無所謂，機械式地用關鍵語掃瞄一遍文章。以食指滑
過各段落的第一句和最後一句，集中搜尋關鍵語。第三段開頭句子的句尾有
關鍵語 free tour，可將該句當成解題線索。以 If 開頭的子句意思是「如果您

文章理解

需要一個現代化的、便利的、負擔得起的輕型製造業、倉庫或是行政部門的據點」。

不認得 affordable「負擔得起的」／ warehousing「倉庫」等單字時，立刻用消去法來作答。看到與文章敘述不符的選項就先刪掉，以本題來說，(A) (C) (D) 都不對，那麼剩下的 (B) 就是正確答案了。另一個研判方式是，(B) 中的 suites「（辦公）場地」等同文章中 base「據點」的意思，可知為正確答案。但建議跳過這個步驟，優先採用消去法。

153. 含 NOT 的問題留待最後作答　　　　　　　　　　　解答 (A)

解說 含 NOT 的問題若用消去法會耗去不少時間，因為必須對照內文敘述，逐一確認四個選項後再做刪除動作。以本題為例，不如記下「Three Rivers Business Park 公司沒有提供給顧客～」去檢視內文，結果得知解題線索在第二段最後一句 Three Rivers also offers ～ that downtown addresses just can't match.「Three Rivers Business Park 公司提供了商業區所無法比擬的～」。

如果你對這個方法沒有信心，瀏覽第二段的第二句，可知 (B) (C) (D) 都是對的，而文章未提及的 (A) 是錯的。在名片及往來書信印上商業街的地址，雖可提高顧客的信任度及公司的形象，但相對地租金也會跟著提高。

有真實感受到用關鍵語快速找到答案的快感嗎？別忘了在實際應考時將關鍵語作為解題的工具。新多益測驗的考題和舊多益相比，難易度預估相差不多。最大問題在文章變長，導致搜尋解題線索的時間增加。所幸練習一下，一旦上手後，第 154 題只需 30 秒、第 155 題 1 分鐘、第 153 題 1 分鐘就可以找到正確答案。請有信心地繼續前進。

中譯 ▶ 有必要為不合適的商業區不動產支付高額的費用嗎？

Three Rivers Business Park 提供商務及工業用場地的租賃。其費用比繁華商圈的租金低廉。

我們的場地是專為商業而設計的，並有符合工業用規格的電力與用水系統、超高速網路，以及可擴充式的電話基礎設備。Three Rivers Business Park 還提供了商業區所無法比擬的停車場、裝貨及倉儲設備。

如果您需要一個現代化的、便利的、負擔得起的輕型製造業、倉庫，或是行政部門的據點，歡迎您來 Three Rivers Business Park 免費參觀。我們很樂意為您說明如何快速地建立及經營您的事業。

Three Rivers Business Park 位於 Halifax Highway 上，距機場及火車站僅 10 分鐘，從市中心過來只要 20 分鐘。

問題與選項的中譯

153. Three Rivers Business Park 公司不提供顧客哪項服務？
(A) 令人印象深刻化的地址
(B) 寬廣的倉儲空間
(C) 完善的電力設備
(D) 寬頻網路服務

154. 從機場到 Three Rivers Business Park 公司要多久時間？
(A) 5 分鐘
(B) 10 分鐘
(C) 20 分鐘
(D) 30 分鐘

155. 免費參觀的目的何在？
(A) 將商品配送至機場
(B) 展示場地的便利性
(C) 收集與顧客有關的資訊
(D) 擴充電話基礎設備

重要詞彙 top dollar「高價；高租金」/ real estate「不動產」/ industrial suites「工業用場地」/ for a fraction of the cost of a fancy address downtown「租金比繁華商圈低廉許多」/ industrial code「工業用規格」/ expandable「可擴充的」/ infrastructures「基礎設施」/ loading and storage facilities「裝貨及倉儲設備」/ have ～ up and running「快速建立與運作～」

Part 7 文章理解

7-2　提升解題速度的作答步驟

首先來看看新多益測驗的 Single Passage 和 Double Passage 的測驗形式。

前半部的 Single Passage 有 28 題
- 2 道問題的題組 × 2 個 = 4 道問題 ┐
- 3 道問題的題組 × 4 個 = 12 道問題 ├ 合計共 28 題
- 4 道問題的題組 × 3 個 = 12 道問題 ┘

後半部的 Double Passage 有 20 題
- 5 道問題的題組 × 4 個 = 20 題

在實際應考時，一定要先做 28 題的 Single Passage（以下簡稱單篇題），再做 20 題的 Double Passage（以下簡稱雙篇題）。理由在於單篇題的文章較短，容易在短時間內找到答案。單篇題的最佳作答步驟如下：

步驟 1 ➡ 回答 2 個 2 道問題的題組 = 4 道問題

步驟 2 ➡ 回答 4 個 3 道問題的題組 = 12 道問題

步驟 3 ➡ 回答 3 個 4 道問題的題組 = 12 道問題

- 先依問題多寡決定好回答順序後，接著是排定每道問題的作答順序。基本上是從簡單的題目開始做起。

1　從簡單的題目開始作答

具體將題目依「易 → 難」排列的順序如下。

1 數字、職務、工作場所、職業、日期、行程、次數、費用之類的問題

從下列的具體問題開始回答。

- **How many hours are there before the meeting?**
  「距會議開始還有幾個小時呢？」《數字》

- **What is Ms. Ihlwan's current position?**
  「伊爾旺小姐目前是什麼職位？」《職務》

- **Where does Amy Grover work?**
  「艾咪・格洛佛在哪裡工作？」《工作場所》

- **Who is Adam Aston?**
  「亞當・艾斯頓是誰？」《問關係或身分》

- **When will Ms. Hoffmann start her new job?**
  「霍夫曼小姐何時開始她的新工作？」《時間》

- **When will the exhibits be shown?**
  「這個展覽將何時展出？」《時間》

- **How often are auctions held?**
  「拍賣會多久舉辦一次？」《次數》

- **How much does it cost to get advice?**
  「諮詢費用是多少？」《費用》

2 含較短選項的題目

其次回答下列較短選項的問題。

(A) Two days ago

(B) Five days ago

(C) One week ago

(D) Two weeks ago

第三是選擇以「圖形、表格」為題的題目。

圖形範例

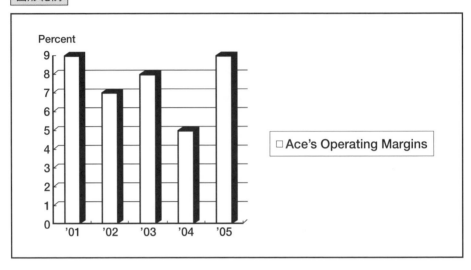

Q: When were Ace's operating margins lowest?

「艾斯公司的營業利益何時是最低的？」

表格範例

AVERAGE PROPERTY PRICES			
	Price (K)	**Base**	**Change**
2000	¤ 919	100	—
2001	1,063	116	15.9%
2002	1,259	137	18.1
2003	1,481	161	17.5
2004	1,739	189	17.5

Q: In which year was the price change the biggest?

「哪一年（不動產）價格的變動最大？」

【注】K = 1,000， ¤ 919 為 919,000 歐元。 Base 是「不動產價格的基準值」，以 2000 年的 919,000 歐元為 100。

表格範例

Cheap Net Phone — As low as 2 ¢ Worldwide —			
Australia	2 ¢	**India**	15 ¢
Belgium	2 ¢	**Pakistan**	19 ¢
Brazil	9 ¢	**Brazil**	4 ¢
Chile	6 ¢	**Spain**	2 ¢
Greece	5 ¢	**Taiwan**	2 ¢
Lebanon	12 ¢	**Poland**	5 ¢

Q: Which nation is charged highest to place a phone call?

「哪一個國家安裝電話的費用最高？」

④ 選項由 4 ～ 7 個詞彙組成的題目

Q: What is Mr. Baha's firm working on?

(A) Buying a corner drugstore

(B) Announcing a new product

(C) Planning a series of emailing promotions nationwide

(D) Planning to hold investment seminars

Q: 巴哈先生的公司正在忙什麼？

(A) 買下一間轉角的藥局

(B) 宣布一項新產品

(C) 計畫一系列全國性的電子郵件促銷

(D) 計畫舉辦一場投資研討會

Part 7

文章理解

含 NOT 的問題和選項較長的問題

Q: What is NOT stated in the contract?
「何者未記載在合約書中？」

▶ 由 7 ～ 11 字組成的長選項

Q: What is the purpose of the new project?
(A) Building a credit system for reducing debt
(B) Introducing group insurance to guarantee medical care
(C) Setting up a global system for managing personal and corporate assets
(D) Introducing a whole new method of installing computer software

Q: 這項新企畫的目的為何？
(A) 建立一個融資系統以降低負債
(B) 導入一個醫療保障的團險
(C) 架設一套管理個人及公司資產的全球化系統
(D) 介紹一個安裝電腦軟體的全新方法

請牢記上述的答題順序，以便在實際應考時，可以毫不猶豫地從簡單的題目開始做起。這個方法可以最有效的縮短作答時間。

2 善用「消去法」和「替代說法」

分析 Part 7「文章理解」題目的結果顯示，一般問題可用「替代說法」及「消去法」來解答。單篇題和雙篇題加起來，有 9 ～ 10 題可以用這兩種方法來正確作答。接著舉簡單的例子做說明。

❶ 答題選項是文章某一文句的替代說法

Q: What industries has India become successful in?

「印度在何種工業上取得成功？」

➲ 關鍵語是 industries／India／successful

➲ 解題線索

India's success in skill-based industries has been an unintended outcome of state policy.

「印度在以技術為主的產業上獲得成功，是國家政策中未預期到的結果。」

【選項】

(A) Those world-class engineers

(B) Those requiring high skills

(C) Manufacturing industry

(D) Education industry

解答 **(B)**

解說 Those requiring high skills 是文章中 skill-based industries「以技術為主的產業」的替代說法。

❷ 問題中包含了文章某一文句的替代說法

Q: What is the biggest challenge in becoming a global brand?

「成為國際品牌的最大挑戰為何？」

➲ 關鍵語是 biggest challenge／global brand

➲ 解題線索

Having covered the world with retail networks, luxury goods groups are discovering that the hardest part of becoming a global brand may be understanding local culture and habits.

「囊括全世界零售業網絡的奢侈品銷售集團，發現成為國際品牌最困難的部分在於了解當地的文化及習慣。」

【選項】

(A) Understanding retail networks

(B) Knowing rival companies' products

(C) Adapting to local market customs

(D) Being friendly to local culture and habits　　　　　　解答 (C)

解說 問題中的 biggest challenge 是文章中 the hardest part「最困難的部分」的替代說法。由此可知，替代說法不僅出現在選項，問題中也會用到。

另外，選項(C)中的「適應當地的市場習慣」是文章 the hardest part of becoming a global brand may be understanding local culture and habits 的另一種說法。

❸ 含 NOT 的問題用消去法或替代說法來解答

Q: **What does the wage price index NOT include?**

「薪資物價指數中不包含何者？」

　　◯ 關鍵語是 wage price index ／ NOT ／ include

　　◯ 解題線索

The wage price index, which measures hourly rates of pay, excluding bonuses, rose 0.9 percent from the previous quarter, the Bureau of Statistics said.

「薪資物價指數是用來測量不含獎金在內的時薪比率。統計處表示它比前一季上升了零點九個百分點。」

【選項】

(A) Economic growth

(B) Bonuses

(C) Borrowing costs

(D) Inflation　　　　　　解答 (B)

解說 不含 NOT 的問題，預估在單篇題至少會出現 5 題，雙篇題至少有 1 題。讀者一看到含 NOT 的問題，建議立刻用消去法來解題。以本題為例，

刪除的關鍵在 excluding 是 NOT 的替代說法。結果「不包含在薪資物價指數」的是 (B)「獎金」。

❹ 若對特定選項猶豫不決，就用消去法

Q: What can be inferred about the housing market?

「我們可對住宅市場做出什麼推論？」

⮕ 關鍵語是 infer ／ housing market

⮕ 解題線索

From peak to peak, a housing cycle can be anywhere from 10 to 15 years, on average, in Asia.

「在亞洲，住宅由一個高峰到另一個高峰的週期平均是十至十五年。」

【選項】

(A) It hit a peak.

(B) It is recovering.

(C) It is improving.

(D) It is recurrent.　　　　　　　　　　　　　　**解答 (D)**

[解說] 在線索句中發現不了解意思的難字或表現用法而陷入迷惘時，可嘗試用消去法解題。以本題為例，

(A)「住宅市場到達巔峰」，文中未提及，故刪去。

(B)「住宅市場正在復甦」，文中未提及，故刪去。

(C)「住宅市場正在改善中」，文中未提及，也刪掉。

由此可知剩下的 (D) 是正確答案。就算不知道 (D) It is recurrent. 中的 recurrent = cyclical「週期性的」，也可以正確作答。這就是消去法的威力。

[重要詞彙] be anywhere from A to B「在 A 和 B 之間的任一處」／ on average「平均」

新登場的雙篇題（Double Passage），共有四個題組、20道問題，其解題步驟和「單篇題」（Single Passage）一樣：從簡單的問題開始答起。雖然每個題組都有兩篇短文（有時其中之一為圖形或表格），但實際上有超過九成的問題在其中一篇文章內就可以找到答案。

最後一大題的 196～200 題，5道問題中有4道稍難，所以這個題組可留待最後再作答。若時間來不及，可猜 (C) 或 (D)。

這個題組會比較難的原因是，5題中就有4題的題目中包含了 implied「暗示」、inferred「推論」、not「否定」、subject「主題」，以及 both「兩者」等用語。常考的問題如下：

Q:　**What is implied in the report?**
　　「報告中暗示了些什麼？」
　　➡ 文中雖有間接資訊，但並未明確列出，故需要理解力。

Q:　**What can be inferred about Ms. Cheng from her memorandum?**
　　「從陳小姐的備忘錄中可以推論何事？」
　　➡ 文中雖有間接資訊，但並未明確列出，故需要理解力。

Q:　**Why is Dr. Mukherjee not keeping pace with the demand?**
　　「為什麼穆克哈士博士跟不上需求？」
　　➡ 含 NOT 的問題，若不用消去法可能要耗掉不少時間。

Q:　**What was the subject of the press conference by Acme Steel?**
　　「Acme 鋼鐵公司舉行記者會的主旨為何？」
　　➡ 要在文中找到解題線索需要花不少時間。

Q:　**What program do both of these providers offer?**
　　「這兩家供應商提供什麼方案？」

⊃ 含 both「兩者，兩方」的問題只會出現在新登場的雙篇題中，若不閱讀兩篇文章就無法作答。而要綜合兩篇文章加以研判，最少要花 90 秒到 2 分鐘。

中級之前的考生放棄最後一大題，也不失為一種策略。而就算要作答也應該擺在最後。

1 1題1分鐘解答的策略

解題的步驟如下：

1 **以問題中的提示為據，快速判定解題線索在哪一篇。**

Q: What does Ms. O'Connor suggest?
「歐康納小姐提出什麼建議？」

⊃ 鎖定 Ms. O'Connor 為關鍵語，搜尋解題線索。如果是電子郵件或商業書信類的文章，可查核一下收件人或寄件人。

2 **從簡單的問題答起。**

⊃ 先從詢問職業、日期和時間等的題目，以及選項較短的題目開始作答。而含 NOT 的問題則回頭再做。

3 **將問題中的關鍵字作為關鍵語，據此去搜尋解題資訊。**

⊃ 鎖定各段落的第一句和最後一句去找關鍵語。大致上都可以在兩者之一找到所需資訊。

④ 用消去法及替代說法來挑選選項

　● 選項若為解題線索的另一種說法，往往就是正確答案。另外，若研判
　　解題線索的單字或表達方式太難，別猶豫，就用消去法來刪除選項。

⑤ 1 題 1 分鐘作答

　● 原則上用 1 分鐘的時間回答 1 道問題，最多不要超過 2 分鐘。否則可
　　能還沒答完一半的題目，考試時間就到了。

你發現了嗎？雙篇題除了要去找到解題線索究竟在哪一篇文章外，其他的答
題策略和單篇題是一樣的。只不過雙篇題的文章較長，在搜尋解題線索上需
要花的時間也較長。但這點可藉著使用題目中的關鍵字去搜尋各段落的開頭
和結尾的句子來克服。

接著是實際練習雙篇題的題目。請在確認一遍解題步驟後，花 7 分鐘的時間
回答底下這個附 5 道問題的題組。

2 　雙篇題的實戰演練

請閱讀底下兩篇短文，並在 7 分鐘內回答 5 道問題。最好讓自己習慣在限定
的時間內作答。

Questions 181-185 refer to the following letter.

To:	john.schmidt@parksoft.biz	Date: 05/12/06 11:45:23
From:	amajors@talonconsulting.net	
Subject:	Training problems	

Mr. Schmidt:

Last month we purchased a corporate license for Parksoft's InvoTrack software system to manage our billing operations. Talon Consulting is a small management consulting firm. Your salesperson, Jennifer Anderson, promised we would receive extensive training on the system, with "unlimited customer support."

Our training turned out to be a two-hour visit by a support technician, Terry Ford, who had just recently been hired by your firm. He knew very little about the system. He said he would go back to Parksoft and get the information we need, and then get back to us. We haven't heard from him since.

When we called your customer support hotline, your support staff told us he no longer worked for Parksoft, and that there would be a charge for any further consultations. Ms. Anderson has not responded to any of our attempts to contact her.

We feel we have been very poorly served by your company. As CEO of Parksoft, would you please instruct your staff to provide the support that we were promised at the time of our purchase?

Aaron Majors–Talon Consulting

To: amajors@talonconsulting.net   From: john.schmidt@parksoft.biz
Cc: jcovington@parksoft.biz
Re: Training problems   Date: 05/12/06 16:28

Mr. Majors:

I apologize for the difficulties you have been having with our sales and support staff. We've been going through a major shakeup in those divisions for precisely the reasons you mentioned. Both Mr. Ford and Ms. Anderson, among others, have been terminated from their employment at Parksoft.

Rest assured, Parksoft will honor all promises made to you and provide whatever support is needed to help you get full use of our InvoTrack software.

I have instructed our new head of support and training, Jeff Covington, to immediately address your problems and to provide you with full training and support at no further cost to you.

John Schmidt
CEO
Parksoft

181. What is the purpose of Mr. Majors' email?

(A) To get better training from Parksoft

(B) To commend Ms. Anderson for her help

(C) To congratulate Mr. Majors for his promotion

(D) To praise InvoTrack software for its high quality

182. Who is Terry Ford?

    (A) A Parksoft sales representative

    (B) A support technician

    (C) An employee of Talon Consulting

    (D) The new head of support and training

183. Why has Ms. Anderson NOT responded to Mr. Majors' email?

    (A) She is on vacation.

    (B) She has been fired.

    (C) She has been promoted.

    (D) She is at a training seminar.

184. What will Mr. Covington most likely do?

    (A) Ask Ms. Anderson to visit Talon Consulting again

    (B) Send Mr. Ford back for further support consultations

    (C) Suggest Mr. Majors visit Parksoft to see the new software

    (D) Make sure that Talon Consulting is satisfied with their training

185. What can be inferred about Parksoft's customer support department?

    (A) It is very stable and well managed.

    (B) Customer support has been outsourced.

    (C) It has always had the full confidence of the CEO.

    (D) The former department head is no longer working there.

Part 7

文章理解

解析

【解答】 181. (A)　　　182. (B)　　　183. (B)　　　184. (D)　　　185. (D)

依 182 → 181 → 185 → 184 → 183 的由簡至難順序作答。

182. 在30秒內回答職業別的問題　　　解答 (B)

解說 以人名 Terry Ford 為關鍵語。但光有人名，無法知道解題線索究竟是在哪一篇短文內。此時，可先從第一篇著手，瀏覽各段落的開頭和結尾的句子。從第二段第一行的 a support technician, Terry Ford, who had just recently been hired by your firm「公司新雇用的支援技師泰瑞·福特」，可知應選 (B)。

181. 在30秒內回答這封電子郵件的 purpose「目的」　　　解答 (A)

解說 從問題「梅傑斯先生的電子郵件目的為何？」可知要去參考第一篇署名梅傑斯的短文。而目的通常就是電子郵件及公司備忘錄上 Subject「主旨」及 Re「回覆」欄中的文字，讀這些文字就可以知道電子郵件的主旨為何。從 Subject: Training problems 可知 (A) 為正確答案。

185. 從問題的關鍵語可知解題線索在第二篇文章　　　解答 (D)

解說 問題中的 Parksoft's / customer support / department 是關鍵語，由此研判解題線索就在第二篇文章。理由是第二篇文章左下角有 John Schmidt / CEO / Parksoft「約翰·舒密特 Parksoft 公司執行長」的署名，可知是由該公司寄出的郵件。此外，問題中有 inferred「推論」一字，可知內文只有間接的資訊，用關鍵語瀏覽一下文章再做推論。

第三段開頭的句子中有 I have instructed our <u>new</u> head of <u>support</u> and training, Jeff Covington，可知 (D) 為正確答案。所謂「新任的」，換言之就是「前任主管已經離職」。

184. 題目中有 Covington，可知要參閱文內有 Covington 的第二篇短文

解答 (D)

[解說] 利用關鍵語 Covington／most likely do 進一步出確認解題線索在哪裡。第三段中明確指出最高執長康文斯頓 to immediately address your problems and to provide you with full training and support at no further cost to you.「即刻著手處理您的問題，並提供您完整的免費訓練及支援事宜」，故知 (D) 為正確答案。 address ～「處理（問題等）」是重要的常用語彙。本題若沒信心可用消去法。

183. 含 NOT 的問題最後作答

解答 (B)

[解說] 由問題「為什麼安德森小姐不回覆梅傑斯先生的電子郵件？」研判解題線索應在舒密特所寫的郵件中。關鍵語是 Ms. Anderson，解題線索在第二篇短文第一段最後一句的 Both Mr. Ford and Ms. Anderson, among others, have been terminated ～「福特先生及安德森小姐兩人，和另一些人已經被開除」。 been terminated ＝ been fired，但若對單字沒把握，可用消去法刪去 (A)(C)(D)。

Part 7

文章理解

做完雙篇題後有何感想呢？應該可以體認到，若不先從問題快速研判解題線索是在哪篇短文內，就要花不少時間解題。另外，先從簡單問題答起，提高作答速度，以及用關鍵語來快速找到所需資訊，也都至關重要。

181 ～ 185 題的目標答題時間如下：

▶ Q.182 → 30 秒以內
▶ Q.181 → 30 秒以內
▶ Q.185 → 50 秒以內
▶ Q.184 → 60 秒以內
▶ Q.183 → 60 秒以內

▌第一篇短文中譯 ▌

收件者：	john.schmidt@parksoft.biz
日期：	2006 年 5 月 12 日 11 時 45 分 23 秒
寄件者：	amajors@talonconsulting.net
主旨：	訓練的各項問題

我們上週購買了一套 Parksoft 公司企業用 Invotrack 軟體系統的使用權，用來處理我們的傳票作業。因為敝公司是一間小規模的管理顧問公司，貴公司的業務珍妮佛・安德森因此承諾我們將可以獲得此系統廣泛的訓練，且是「不設限的客戶支援」。

然而，貴公司新雇用的支援技師泰瑞・福特將訓練變成了一場兩小時的拜訪。他對這套系統的了解相當有限。他說他將回 Parksoft 公司取得我們所需要的資訊後，再提供給我們。但之後就毫無音訊。

我們打電話到貴公司的客戶支援熱線，你們的員工告訴我們他已經離職，若需要更進一步的諮詢，將另行收費。我們試著連絡安德森小姐，但她從未回覆。

我們覺得貴公司的服務非常不週到。身為 Parksoft 公司的執行長，您能指示貴公司的員工提供在購買當時承諾要給我們的支援嗎？

亞倫・梅傑斯
Talon 顧問公司

▌第二篇短文中譯▌

寄件者：	amajors@talonconsulting.net
收件者：	john.schmidt@parksoft.biz
副本：	jcovington@parksoft.biz
回覆：	訓練的各項問題
日期：	2006 年 5 月 12 日 14 時 28 分

梅傑斯先生：

本人在此為敝公司的業務及支援部員工帶給貴公司的各項困擾致上歉意。您所提及的各種問題，也正是敝公司對相關部門進行大幅改組的原因。福特先生和安德森小姐，以及另一些人已從 Parksoft 公司的員工簿上除名。

請您放心，我們將遵守對貴公司所做的一切承諾，並充分提供所有您在使用我們軟體時所需要的支援。

本人已指示新上任的支援與訓練部門主管傑夫·康文斯頓，迅速地處理您的問題，並提供您完整的免費訓練及支援事宜。

約翰·舒密特
執行長
Parksoftt 公司

重要詞彙 corporate license「法人使用權」/ billing「傳票；發票」/ haven't heard from him「他沒聯絡」/ no longer「不再」/ responded ～「回信給～」/ apologize for the difficulties「為此困擾道歉」/ shakeup「改組」/ have been terminated「被開除」/ Rest assured, S + V「已做了～，請放心」/ instructed ＋人＋ to do「已指示誰做～」

181. 梅傑斯先生這封電子郵件的目的為何？
    (A) 從 Parksoft 公司獲得高品質的訓練　(B) 讚賞安德森小姐的協助
    (C) 恭賀梅傑斯先生升遷　(D) 稱讚 InvoTrack 軟體的高品質

182. 誰是泰利·福特？
    (A) Parksoft 公司的業務代表　(B) 支援技師
    (C) Talon 顧問公司的員工　(D) 新的支援與訓練部門主管

183. 為什麼安德森小姐未回覆梅傑斯先生的電子郵件？
    (A) 她休假中。　(B) 她被開除了。
    (C) 她升遷了。　(D) 她正參加一場研習會。

184. 康文斯頓先生可能會做什麼事？
    (A) 要求安德森小姐再度拜訪 Talon 顧問公司。
    (B) 派遣福特先生回去做更進一步的支援服務。
    (C) 建議梅傑斯先生到 Parksoft 公司參觀新研發的軟體。
    (D) 確認 Talon 顧問公司對他們的訓練感到滿意。

185. 你可以推測 Parksoft 公司的客戶支援部門是怎樣的情形嗎？
    (A) 非常穩定且運作良好。　(B) 客戶支援部門已經被外包了。
    (C) 一直獲得到執行長的充分信任。　(D) 前任的主管已經離職。

模擬測驗 Practice Test

截至現在，Part 7「文章理解」的必要基礎訓練已完成近七成。累積了這些解讀能力後，大約可答對七成以上的問題。接下來是模擬測驗，包括三大題的 Single Passage 和一大題的 Double Passage，共 14 道問題，試著練習利用解題步驟和關鍵語來搜尋解題線索，並將它們記在腦中。

以每題 1 分鐘內作答完畢為目標，16 分鐘內答完 14 題。

PART 7

Directions: In this part you will read a selection of texts, such as magazine and newspaper articles, letters, and advertisements. Each text is followed by several questions. Select the best answer for each question and mark the letter (A), (B), (C), or (D) on your answer sheet.

Questions 153-154 refer to the following letter.

Part 7 文章理解

Dear Mr. Lee:

Thank you so much for the beautiful tea set you sent us from your recent business trip back to China. The teacups are so delicate and beautiful, and the tea has such a wonderful flavor and scent. We will treasure them forever, as we will your friendship.

Your letters from your travels are always so interesting. We especially enjoyed the story of the Chinese New Year's festivities with your many

Chinese relatives. It made me hungry just hearing about the dozens of delicious foods they served.

Please come to visit, with your lovely wife, next time you are in town, so we can sit down for a cup of tea together. We would love to hear more about your trip back to your homeland.

Sincerely,
Walter and Diane Reed

153. Why are Walter and Diane thanking Mr. Lee?

(A) He gave them a present.
(B) He visited their home for dinner.
(C) He has settled in a nearby town to stay.
(D) He invited them to go to China with him.

Ⓐ Ⓑ Ⓒ Ⓓ

154. What do the Reeds ask Mr. Lee to do?

(A) Go to China again
(B) Send them more tea
(C) Give a gift to his wife
(D) Come to their home

Ⓐ Ⓑ Ⓒ Ⓓ

Questions 155-157 refer to the following article.

As of July 15, due to changes in state insurance regulations, patients of the Glenn Valley Clinic whose care is covered by authorized insurance providers, such as Green Cross, will be required to show a valid member's identification card, when checking in for treatment at the clinic.

Those whose medical care are privately covered, or who make prior payment arrangements with the clinic's accounts receivable staff, will not be affected by the change.

Patients who are not able to show a valid card will not be allowed to proceed with medical treatment, except in case of a medical emergency. No elective procedures will be allowed.

We are sorry to inconvenience our patients in this way, but we are required to comply with state law.

155. What has forced the Glenn Valley Clinic to change its policy?

(A) Many patients don't have official photo ID.
(B) Most patients don't receive adequate dental care.
(C) State regulations require some patients to show ID.
(D) The state regulations don't allow unauthorized insurance coverage.

156. How will the change affect patients who pay for their own medical care?

(A) The change will not affect them at all.
(B) They will now have to show official state ID.
(C) They must talk with the accounts receivable staff.
(D) They will be unable to proceed with dental treatment.

157. What will happen to a patient with Green Cross insurance who has no ID?

(A) They will need to sign a waiver.
(B) They will have to pay an extra fee.
(C) They will not be treated by the clinic.
(D) They will not be affected by the change.

Ⓐ Ⓑ Ⓒ Ⓓ

Questions 158-161 refer to the following email message.

From: Nate Partridge
Date: Friday, 6/16/06 11:24 AM
To: Ronald Colson
Subject: Annex Construction bid

We have received the bid you submitted for the construction of our Southern Annex complex.

At first glance, it appears to be a very competitive offer, but as you know, we are also accepting bids from several other firms before choosing a lead contractor. The deadline for bids is next Friday, June 23rd. We will decide by mid-July and will contact you, and the other candidates, before we announce the decision to the press.

As we have worked with you before, I feel the board may look favorably on your bid, but I also know that there are concerns among some of the members about your ability to handle a job of this size. Perhaps some financial assurances about meeting the construction deadlines written into the proposal would help.

If you would like to make any changes to your bid, we will be accepting revisions up to the deadline.

158. What is the purpose of this email?

    (A) To acknowledge receiving a bid

    (B) To propose an addition to the building

    (C) To announce the selection of a contractor

    (D) To present the design of the Southern Annex

159. What will the company do after telling the candidates of their decision?

    (A) Give financial assurances to the contractors

    (B) Search for a firm to construct the Southern Annex

    (C) Set the deadline for accepting bids from contractors

    (D) Announce in the media who they have chosen for the job

160. How long does Mr. Colson have to make revisions to his proposal?

    (A) One day

    (B) One week

    (C) One month

    (D) Two months

161. What does Mr. Partridge suggest Mr. Colson do to change his proposal?

    (A) Submit it earlier than any of the other candidates

    (B) Delete any mention of the construction deadline

    (C) Inform the members of the board of his candidacy

    (D) Add guarantees about finishing the construction on time

Questions 162-166 refer to the following memo and email.

Memo

To: All staff members

From: Donald Billings

As everyone knows, we've been experimenting with the concept of telecommuting, letting people work from home, or wherever they wish, through email, video conferencing and Net meetings.

While it certainly sounded like a good idea, several of the recent difficulties We've had, such as failing to get the contract to manage the city roads maintenance database, have been a direct result of poor communication between individuals and divisions.

I'm convinced that chats at the water cooler and going to lunch together are a vital part of how we do our jobs. Therefore, as of the first of the year, we will be returning to a more traditional style of management.

We have leased two floors of the Whittington Building, floors fifteen and sixteen, just below our current headquarters offices. All personnel will again work from a desk in their division.

To: donaldbillings@billingsdata.com
Date: 03/23/06 01:19:20
From: lynnkatz@arpanet.com
Re: Telecommuting

Mr. Billings:

I received your recent memo about putting an end to telecommuting for all staff members. I ask that you reconsider that policy, or at least grant an exception in exceptional circumstances.

I work in the marketing department as an editor and writer. I joined Billings Data Systems two years ago, in part because of the policy of allowing employees to work from home.

My mother is ill and I care for her several hours a day at her home in northern Vermont. If I had to drive down to New York City every day to work in the office, I would have to hire somebody to take care of her. I'm not financially able, or frankly willing, to do that.

If Billings Data will not allow me to continue to work from home, I'm afraid I will have to resign and pursue other work. I don't want to do that, but I would have no choice. Please reconsider the policy.

Lynn Katz

162. What is the purpose of Mr. Billings' memo?

(A) A change in policy
(B) A new office location
(C) An office remodeling
(D) An executive restructuring

163. What is the reason that Mr. Billings feels the company failed to get the city contract?

(A) Poor sales materials
(B) Not enough marketing
(C) A lack of salesmanship
(D) Insufficient communication

Ⓐ Ⓑ Ⓒ Ⓓ

164. Why can't Ms. Katz follow the new policy?

(A) She got a much better job.
(B) She must take care of her mother.
(C) She lives too far from the post office.
(D) She has transferred to the headquarters office.

Ⓐ Ⓑ Ⓒ Ⓓ

165. Where will personnel who used to telecommute now work?

(A) At their homes
(B) In a new building
(C) Outside of New York
(D) In the headquarters building

Ⓐ Ⓑ Ⓒ Ⓓ

166. What will Ms. Katz probably do if she cannot telecommute?

(A) Drive to New York
(B) Ask for an extension
(C) Look for another job
(D) Transfer to another department

Ⓐ Ⓑ Ⓒ Ⓓ

作答說明： 在這個 Part 中，你將讀到各式各樣的文章，包括報章雜誌的報導、書信和廣告等。各篇文章之後會有 2 ～ 5 道問題，請選擇最適當的答案，然後塗黑答案卡上 (A) (B) (C) (D) 中的一個選項。

Part 7

文章理解

【解答】 153. (A)　　154. (D)　　155. (C)　　156. (A)　　157. (C)

158. (A)　　159. (D)　　160. (B)　　161. (D)　　162. (A)

163. (D)　　164. (B)　　165. (D)　　166. (C)

153. 在 20 秒內回答 Why 問題 　　　　　　　　　　解答 (A)

解說

關鍵語 ……… **Walter and Diane ／ thanking ／ Mr. Lee**

解題線索 …… **第一段開頭的句子**

一開始就是 Thank you～，所以毫無疑問地鎖定在這一句找答案。將這個句子簡化就是 (A)「他（Lee）給了（Walter and Diane）禮物」。不需要將全文讀完，針對問題搜尋所需資訊，將時間效率化是優先要做的。請在 20 秒內作答完畢。

154. 因選項很短，故可判定是簡單題 　　　　　　　解答 (D)

解說

關鍵語 ……… **the Reeds ／ ask Mr. Lee**

解題線索 …… **第三段開頭的句子**

這個問題無法用關鍵語去搜尋解題線索。但這樣的題目不常出現。the Reeds「端德夫妻」是這封信的寄件人。將這點記在心上，只瀏覽各段落的開頭和最後的句子。第三段第一句的開頭是 Please come to visit, with your lovely wife, next time you are in town「當你下次來到這裡時，請務必帶著你可愛的妻子來看我們」，可判定它是解題線索。請在 40 秒內作答完畢。

新多益測驗 Part 7「文章理解」有九成以上的題目，其解題線索都在段落的第一句或最後一句。

親愛的李先生：

非常謝謝你送給我們你最近剛從中國出差帶回來的美麗茶具組。這些茶杯非常精緻美觀，茶葉亦具有極佳的風味與香氣。我們將永遠珍惜此套茶具以及我們之間的友誼。

拜讀你在旅途中寄給我們的那些信件總是趣味盎然。尤其是讀那些你在中國新年與親戚們相處的故事。光是聽聞他們端出的各種佳餚，就讓我感到飢腸轆轆。

當你下次來我們這裡時，請務必帶著你可愛的妻子來看我們。我們可以坐下來一起喝杯茶。我們很樂意聆聽你更多在祖國旅遊時所發生的趣聞。

瓦特・瑞德與黛安・瑞德

---

153. 為什麼瓦特與黛安要謝謝李先生？
    (A) 他送了他們一份禮物。
    (B) 他為了吃晚餐去拜訪他們。
    (C) 他在鄰近的城市定居住下了。
    (D) 他邀請他們一起去中國。

154. 瑞德先生要求李先生做什麼事？
    (A) 再去中國。　　　　　　　(B) 送他們更多的茶葉。
    (C) 送他的妻子一份禮物。　　(D) 到他們家。

重要詞彙 treasure them「珍惜它們（茶具）」/ as we will (treasure) your friendship (forever)「就像（永遠、珍惜）我們與你的友誼一樣」的省略說法 / festivities「節慶」/ dozens of ～「很多的～」/ next time you are in town「下次你來時」/ sit down for ～「坐下來做～」

Part 7 文章理解

155. 替換說法的選項往往就是正確答案

解答 (C)

解說

關鍵語 ……… **Glenn Valley Clinic** / **change its policy**

解題線索 …… **第一段的第一句**

你是不是很快就鎖定包含關鍵語 change(s), Glenn Valley Clinic 的第一段的開頭句子呢？先根據一開始的 due to changes in state insurance regulations「由於州保險規定的改變」掌握 the state regulations，接著是了解 patients of the Glenn Valley Clinic whose care is covered by authorized insurance providers, such as Green Cross, will be required to show a valid member's identification card「格林谷診所的病患凡是向認可的保險業者，如綠十字投保的人，會被要求出示有效的會員證。」

根據以上的兩項線索可知正確答案是可以替代此內容的 (C)。請在 1 分鐘內作答完畢。

156. 10 道問題中有一道令人感到意外

解答 (A)

解說

關鍵語 ……… **change** / **affect patients** / **own medical care**

解題線索 …… **第二段開頭的句子**

解題線索在第二段的 Those whose medical care are privately covered, ～, will not be affected by the change.「自費投保醫療險者不受此變動的影響」。雖然問題是問「此項變動對～的病患有何影響？」但正確答案卻是出乎意料的「完全沒有影響」，算是個陷阱題。

在 10 個問題中大約會出現 1 題這樣的例子。請在 40 秒內作答完畢。

解說

關鍵語 ……… **a patient with Green Cross insurance ／ has no ID**

解題線索 …… **第三段開頭的句子**

從第三段的第一句 Patients → a patient with Green Cross insurance ／ not able to show a valid card → has no ID 可知解題線索就在這一句。由於問題中已包含文章的替代說法，所以有點難去鎖定特定的資訊，但這類題型又經常出現。文中的 Patients ～, will not be allowed to proceed with medical treatment「～病患將不得接受治療」，由此可知正確答案為 (C)。請在 50 秒內作答完畢。

中譯 ▶ 155 題至 157 題根據底下的文章作答。

---

7 月 15 日開始，由於州保險規定的改變，格林谷診所的病患，凡是有向認可的保險業者，如綠十字投保的人，在掛號時，需出示有效的保險會員證明卡。

至於那些自費投保醫療險，或與本所的收費人員做好付款手續者，則不受這項改變的影響。

無法出示有效保險卡的患者，除緊急醫療外，不得接受治療。非選擇性手續則不在此限。

此項變更對病患們造成不便，我們深感抱歉，但我們必須遵從州法的規定。

---

155. 何事迫使格林谷診所改變它的方針？
    (A) 許多病患沒有官方發放的附照片身分證。
    (B) 許多病患沒有獲得適當的牙齒保健。
    (C) 州法要求一些病患出示身分證。
    (D) 州法不接受未被認可的保險業者。

156. 這項改變將對自費投保醫療險的病患們造成什麼影響？

    (A) 這項改變一點都不會影響到他們。

    (B) 現在他們必須出示由州政府發放的官方身分證明。

    (C) 他們必須和出納人員聊一下。

    (D) 他們將不能接受牙齒保健治療。

157. 參加綠十字保險的病患未出示身分證明將會發生什麼事？

    (A) 他們需簽署一份棄權書。   (B) 他們必須支付一筆額外的費用。

    (C) 診所不會治療他們。   (D) 他們不會被這項改變所影響。

重要詞彙 As of July 15「7 月 15 日開始」/ due to 「由於」/ insurance providers「保險業者」/ valid「有效的」/ check in for ～「因～目的而受理」/ make arrangements with ～「為～做安排」/ accounts receivable「應收費用計算」/ proceed with ～「進展到～階段」即「接受什麼治療」/ except in case of ～「除～外」/ elective「非選擇性的（治療）」/ inconvenience「不便」/ comply with ～「遵照～」

---

158. purpose 問題的解題線索通常在第一段或最後一段   解答 (A)

解說

關鍵語 ……… **purpose 問題不使用關鍵語**

解題線索 …… **第一段或最後一段**

經常出現的 purpose 問題，其解題線索往往在第一段或最後一段。以本題為例是在第一段的第一句。由 We have received the bid you submitted for the construction「我們已經收到針對此項建造所提出的報價」來導出答案。We have received the bid 雖然未明確指出 acknowledge「告知收到（信件等）」之意，但仍可簡單地選定 (A) To acknowledge receiving a bid 是正確答案。

159. 使用關鍵語快速找到解題線索　　　　　　　　解答 (D)

解說

關鍵語 ……… **company do / after telling the candidates of their decision**
解題線索 …… **第二段的最後一句**

解題線索在包含 candidates / decision 的第二段最後一句，你有在 20 秒內找到嗎？具體來說就是 We will decide by mid-July and will contact you, and the other candidates, before we announce the decision to the press.「我們將於七月中旬做出決定，而在向新聞界宣布決定前，我們會連絡您及其他的投標者」，可替換此內容的 (D) 為正確答案。

160. 包含期間、時間的問題原則上是簡單題　　　　解答 (B)

解說

關鍵語 ……… **How long / make revisions to his proposal**
解題線索 …… **第四段的句子＋第二段的第二句＋電子郵件的日期**

這題是有點難的詢問時間題。從最後一段的 If you would like to make any changes to your bid, we will be accepting revisions up to the deadline.「如果您要更改報價書，在招標截止日前我們都可受理」可推知在截止日前是可以接受修改的，而何時截止呢？第二段第二句的「招標截止日為 6 月 23 日」，再看最後的郵件日期為「2006 年 6 月 16 日」，加減後得出修改期間是七天。請在 1 分鐘內作答完畢。

161. 遇有不了解的單字可用消去法　　　　　　　　解答 (D)

解說

關鍵語 ……… **Partridge suggest / Colson / change his proposal**
解題線索 …… **第三段最後一句**

請注意可用於鎖定特定線索的關鍵語 proposal 「企劃書」，包含該字的第三段最一句是 Perhaps some financial assurances about meeting the construction deadlines written into the proposal would help.「也許用一份書面的企劃書提出一些保證如期完工的財力證明會有所幫助」是解題線索。由一連串 financial assurances「財力證明」→ guarantees / meeting the construction deadlines → finishing the construction on time 的替代說法可知 (D) 是正確答案。如果不懂 assurances 的意思，可用消去法刪去 (A)(B)(C)。請在 70 秒內作答完畢。

看到有關電子郵件的題目，請養成檢查「寄件人」、「收件人」和「日期」的習慣。

另外在新多益測驗的 4 道問題的題型，會出考單字意義的題目。

158 ～ 161 題由簡至難順序為 **160 → 159 → 158 → 161**。

中譯 ▶ 158 題至 161 題請根據底下的電子郵件訊息作答。

寄件者：奈特・派特瑞吉
日期：2006 年 6 月 16 日上午 11 點 24 分，星期五
收件者：雷諾德・柯爾森
主旨：分館興建招標

我們已經收到貴公司針對我們的南分館綜合大樓興建案所提出的報價。

乍看之下，貴公司的報價似乎極具競爭力，然而如您所知道的，在我們選定一家主要的承包商之前，已經收到了數家公司的報價。招標作業將在下週五，6 月 23 日截止。我們將於七月中旬做出決定，而在向新聞界宣布決定之前，我們會連絡您及其他投標者。

因為我們曾與貴公司共事過，我覺得董事會有可能接受您的報價，不過我也知道有一些成員對貴公司能否承擔這麼大的工程感到質疑。也許您可以在企劃書中提出一些保證會如期完工的財力證明，此舉將有所幫助。

如果您要更改報價書，在招標截止日前我們都可受理。

158. 這封電子郵件的目的為何？
    (A) 告知已收到對方提出的標價。　　(B) 提出增建的計畫。
    (C) 宣布承包商選拔的結果。　　(D) 簡報南分館的設計。

159. 這家公司在告知競標廠商招標的結果將會進行何事？
    (A) 提供財力證明給承包商。　　(B) 為增建的分館尋找一家建設公司。
    (C) 定下承包商的招標截止日。　　(D) 向媒體宣布得標的承包商。

160. 柯爾森先生可以有多久的時間修正他的企劃書？
    (A) 一天　　　(B) 一週　　　(C) 一個月　　　(D) 二個月

161. 派特瑞吉先生建議柯爾森先生將他的企劃書做何更改？
    (A) 較其他參加競標的廠商早一點提交企劃書。
    (B) 刪掉任何提及完工日的隻字片語。
    (C) 知會董事會成員他的候選條件。
    (D) 增加可以如期完工的保證。

重要詞彙 Annex Construction「增建分館」/ complex「綜合（大樓）」/ At first glance「第一眼」/ lead「領先的」/ contractor「承包商」/ candidates「參加競標廠商」/ the board「董事會」/ look favorably on ～「對～青睞」/ concerns「關心；擔憂」/ financial assurances「財力證明」/ proposal「企劃書」/ revisions「修正」/ addition「增建」/ submit「提出」/ delete「刪除」

162. 雙篇題首先要做的是鎖定一篇文章　　　　　　　　解答 (A)

解說

關鍵語 ……… **purpose** 問題不用關鍵語
　　　　　　　但從 **Mr. Billings' memo** 開始瀏覽

解題線索 …… 從 From「寄件人」Donald Billings 知道要鎖定有解題線索的
　　　　　　　第一篇文章
　　　　　　　從開頭和最後段落判斷備忘錄（Memo）的主旨

最後一段的最後一句 All personnel will again work from a desk in their division.
「全體員工將再次回到自己部門的辦公桌上工作」為解題線索。僅憑此可先
刪去 (C) (D)。接著若不知要選 (A) 或 (B)，雖然會多花 20 秒的時間，但除前
後文句外，也瀏覽一下其他段落的開頭和結尾的句子，尋找輔助線索。結
果，從第三段最後一句的 Therefore, as of the first of the year, we will be
returning to a more traditional style of management.「因此，從年初開始我們將
重返為更傳統的管理模式。」可推知正確答案是 (A)「變更方針」。請在 70
秒內作答完畢。

163. 以關鍵語快速搜尋解題線索　　　　　　　　　　解答 (D)

解說

關鍵語 ……… **Billings feels** ／ **company failed** ／ **get the city contract**
　　　　　　　從 **Billings** 知道要鎖定第一篇文章

解題線索 …… 第二段開頭的句子

應該很容易就可以鎖定包含許多關鍵語的第二段，接著只要找出「無法取得
市府合約的理由」。從 several of the recent difficulties ～ have been a direct
result of poor communication「最近的問題～正是由於溝通不良直接導致的結
果」可推知正確答案為 (D)。此選項中的 insufficient 是 poor「不充分的」的
另一種說法，若對 insufficient 這個字沒信心，可用消去法。請在 40 秒內作
答完畢。

164. 包含 NOT 的問題可搜尋線索集中的段落來解題 　　　　解答 (B)

[解說]

關鍵語 ⋯⋯⋯ **can't ／ Katz ／ follow the new policy**

　　　　　　 從 Katz 知道要鎖定第二篇文章

解題線索 ⋯⋯ **第三段**

因為有 can't，所以解題方式和包含 NOT 的問題一樣，都採用消去法。新多益測驗 Part 7 中包含 NOT 的考題，其特徵是解題線索集中於一個段落內。記住本問題是問「凱茲無法遵從新政策的理由」後，據此瀏覽其他段落的開頭和結尾，結果發現解題線索在第三段。

第三段開頭的句子 My mother is ill and I care for her several hours a day「我母親生病，我一天得花數小時（5、6 個小時）去照顧她」，即使不用消去法，應該也可看出選項 (B) 是該句的替代說法（care for her「照顧她」= take care of her）。請在 90 秒內作答完畢。

165. Where 問題在 30 秒內答完 　　　　　　　　　　解答 (D)

[解說]

關鍵語 ⋯⋯⋯ **Where ／ personnel ／ now work**

　　　　　　 從 personnel 知道要鎖定包含 To: All staff members 的第一篇
　　　　　　 文章

解題線索 ⋯⋯ **最後一段的最後一句**

包含關鍵語 personnel 和 work 的最後一段最後一句是解題線索，再將它的前一句當成輔助線索，可推知 (D) 是正確答案。針對 Where 問題，只要找到解題線索，接下來就容易多了。請在 30 秒內作答完畢。

解說

關鍵語 ……… **Katz** / **probably do** / **if she cannot telecommute**
　　　　　　 從 **Katz** 知道要鎖定第二篇文章

解題線索 …… **最後一段的第一句包含關鍵語 telecommute 的替代說法**

只有第一段開頭的句子包含關鍵語 telecommute，但它無法提供解題線索，無奈題目的關鍵字又明明是 telecommute。遇此情形，要懂得到內文搜尋可替代的文字。最後一段第一句有 work from home「在家工作」，再從「如果公司不允許我繼續在家工作，我恐怕必須辭職，另謀出路。」可推知正確答案是 (C)。pursue other work「找其他工作」是 Look for another job 的替代說法。請在 1 分鐘內作答完畢。

> 從上面的解說可以了解，在 48 道問題中，大約會有 7 題是含 NOT 的考題。由於新多益測驗中 7 題預計會有 5 題的解題線索是集中在一個段落，所以往後只要看到含 NOT 的考題，不必猶豫，去找含解題線索的段落就對了，這麼做可節省作答時間。另一個重點是，如果無法在內文中找到關鍵語，就瀏覽一下各段落，看看有沒有替代說法。

中譯 ▶ 162 題至 166 題根據底下的備忘錄及電子郵件作答。

備忘錄
收件者：全體員工
寄件者：唐納德‧比林斯

如各位所知，我們公司一直在實驗性地實施遠距工作的構想，也就是使用電子郵件、視訊會議或網路會議，讓員工們可以在家或他們希望的地點工作。

雖然這聽起來是個好主意，但最近的問題，例如，我們未能取得市街維修資料庫的管理合約等，正是個別員工和部門溝通不良直接導致的結果。

我確信在茶水間閒聊及一起去吃午餐，也是我們工作上所不可欠缺的部分。因此，從年初開始，我們將重返為更傳統的管理模式。

我們已經租下惠汀頓大樓的十五及十六兩個樓層，就位於目前總公司辦公室的正下方。全體員工將再次回到自己部門的辦公桌上工作。

收件者：donaldbilling@billingsdata.com
日期：2006 年 3 月 23 日 1 點 19 分 20 秒
寄件者：lynnkatz@arpanet.com
回覆：在家工作

比林斯先生

我收到了您最近有關停止所有員工遠距工作的備忘錄。我請求您重新考慮這項政策，或至少能在特別情形下給予例外通融。

我在行銷部門擔任編輯及撰述。我是兩年前進入比林斯資料系統工作的，部分原因是基於公司允許員工在家工作的政策。

因為母親生病，我在母親北佛蒙特的家中一天照顧她五、六個小時。如果我每天必須開車南下到紐約的辦公室上班，就不得不雇人照顧我母親。不但金錢上不允許，坦白說，我也不願意這麼做。

如果公司不允許我繼續在家工作，我恐怕必須辭職，另謀出路。我不想要這樣，但是我別無選擇。請您能重新考慮這項政策。

琳‧凱茲

162. 比林斯先生這份備忘錄的目的為何？
    (A) 政策改變
    (B) 新辦公室的地點
    (C) 辦公室改裝
    (D) 經營人員重組

163. 比林斯先生認為公司未能取得市府合約的理由為何？
    (A) 粗劣的銷售素材
    (B) 市場行銷不足
    (C) 銷售技巧不足
    (D) 缺乏溝通

164. 為何凱茲小姐無法遵從這項新政策？
    (A) 她找到了更好的工作。
    (B) 她必須照顧她母親。
    (C) 她住的地方離郵局太遠了。
    (D) 她調至總公司。

165. 現在在家工作的員工們將在何處工作？
    (A) 在他們的家裡
    (B) 在一棟新大樓
    (C) 在紐約市郊
    (D) 在總公司的辦公大樓

166. 如果凱茲小姐無法在家工作，她極有可能做什麼？
    (A) 開車到紐約
    (B) 要求擴張
    (C) 找其他工作
    (D) 轉調其他部門

重要詞彙 have been experimenting with ～「一直在做～實驗」/ concept「觀念」/ telecommuting「遠距工作」/ video conferencing「視訊會議」/ net meeting「網路會議」/ While S＋V「雖然～」/ the recent difficulties (that) we've had「我們最近面臨的許多問題」（省略 that）/ be convinced that S＋V「確信～」/ chats at the water cooler「在茶水間前聊天」/ as of the first of the year「從年初開始」（即新會計年度的第一天）/ personnel「公司員工」/ putting an end to ～「對～劃下休止符」/ grant「同意～；准予」/ exceptional「特別的」/ join「加入」/ resign「辭職」/ pursue「尋找～」/ office remodeling「辦公室改裝」/ restructuring「重組」/ salesmanship「銷售技巧」/ transfer to ～「轉調至～」/ outside of「在～之外」/ extension「擴張」

國家圖書館出版品預行編目資料

朗文新多益題型解析與應考技巧 / 松野守峰, 宮原知子
　作; 夏淑怡, 鄧令麗譯. -- 二版. – 新北市：臺灣培生
教育, 2012.10
　　面 ；　公分
　ISBN 978-986-280-176-5　(平裝附光碟片)

　1. 多益測驗 2. 考試指南

805.1895　　　　　　　　　　　101017399

朗文新多益題型解析與應考技巧
Detailed Analysis and Effective Strategies for NEW TOEIC® TEST

作　　　　者	松野守峰／宮原知子
譯　　　　者	夏淑怡／鄧令麗
發　行　人	Isa Wong
主　　　編	陳慧芬
責 任 編 輯	瞿中蓮、陳慧莉
封 面 設 計	黃聖文
發行所／出版者	台灣培生教育出版股份有限公司
	地址／231 新北市新店區北新路三段 219 號 11 樓 D 室
	電話／02-2918-8368　傳真／02-2913-3258
	網址／www.pearson.com.tw
	E-mail／reader.tw@pearson.com
香 港 總 經 銷	培生教育出版亞洲股份有限公司
	地址／香港鰂魚涌英皇道 979 號（太古坊康和大廈十八樓）
	電話／(852)3181-0000　傳真／(852)2564-0955
	E-mail／hkcs@pearson.com
台 灣 總 經 銷	創智文化有限公司
	地址／23674 新北市土城區忠承路 89 號 6 樓（永寧科技園區）
	電話／02-2268-3489　　傳真／02-2269-6560
	博訊書網／www.booknews.com.tw
學 校 訂 書 專 線	02-2918-8368 轉 8866
書　　　號	TT252
I　S　B　N	978-986-280-176-5
刷　　　次	2012 年 10 月二版一刷
	2013 年 12 月二版二刷
定　　　價	新台幣 385 元

版權所有・翻印必究

Authorized Traditional Chinese/English bilingual edition from the Japanese language edition, entitled Detailed Analysis and Effective Strategies for New TOEIC TEST (9784342781971), written by Shuho Matsuno, Tomoko Miyahara, published by Kirihara Shoten Co. Ltd., Copyright © Shuho Matsuno, Tomoko Miyahara, 2006.

All rights reserved. No part of this book may be reproduced or transmitted in any form or by any means, electronic or mechanical, including photocopying, recording or by any information storage retrieval system, without permission from Kirihara Shoten Co. Ltd. Traditional Chinese/English bilingual edition published by Pearson Education Taiwan Ltd., Copyright ©2012

本書相關內容資料更新訊息，請參閱本公司網站：www.pearson.com.tw